KB164547

당당한 삶을 위한

21가지 발표불안극복 시크릿

21Secrets to Overcome Presentation Anxiety

21가지 발표불안 극복 시크릿

21Secrets to
Overcome Presentation
Anxiety

● ● ● ● ● ●

　사람들 앞에서 발표하는 것이 두려웠다. 사적인 자리에서는 전혀 문제가 없었기 때문에, 내가 발표불안이란 사실을 아는 사람은 거의 없었다.

　발표불안이란 무엇이며 이를 극복하기 위해서는 무엇을 어떻게 해야 하는 걸까?

　눈앞에 많은 사람들이 있기 때문이라는 단순한 이유만으로는 설명이 부족하다. 발표불안의 원인과 뿌리를 찾고 싶었다. 해결하고 싶었다. 당당하고 멋있게 내 이야기를 펼칠 수 있다면 얼마나 좋을까. 두려움과 답답함으로 나는 출발선에 섰다.

　대전에서 서울까지 스피치 학원을 다닌 적도 있었고, NLP(Neuro Linguistic Programming 신경언어 프로그램)를 배우기도 했다. 발표불안의 뿌리와 해결 방법을 찾기 위해 최선을 다했다. 최면치료 요법을 동원해 전생까지 샅샅이 뒤졌다. 별짓을 다 한다 생각하는 사람도 있겠지만 내게는 그만큼 간절한 문제였다.

　많은 시간 집중하고 공부하면서 깨달았다. 이론적으로 해결할 문제는 아니구나. 직접 몸으로 부딪치고 깨지면서 극복해야 한다. 모든 일은 어려운

고비를 넘어서야 비로소 이겨 낼 수 있다고 했다. 포기하지 않았다. 힘들 때마다 이를 악물고 도전했다.

겪어 보지 않은 사람은 모른다. 죽고 싶을 만큼 고통스럽고 스트레스 받는다. 처음엔 나만 특별한 병을 앓고 있는 것 같아서 남들에게 말조차 꺼내기 어려웠다. 스피치 학원에 다니면서, 발표불안 때문에 힘들어하는 사람이 생각보다 많다는 사실에 놀라면서도 한편으로는 안심되기도 했다. 자기소개를 하다가 눈물을 흘리는 수강생도 있었고, 온몸을 꽈배기처럼 꼬아 대며 어쩔 줄 몰라하는 수강생도 많았다. 떨리고 불안한 증상. 나도 다를 바 없었다.

앞에 나서면 사람들을 의식하게 되고, '저 사람이 나를 어떻게 생각할까.' 라는 생각에 얼굴이 시뻘겋게 달아올랐다. 나를 좋게 볼 거라는 생각은 하나도 들지 않고, 이상하게 볼 거라는 상상만 가득했다. 실수라도 하면 비웃고 놀릴 것만 같은 부정적인 생각뿐이었다. 심장 뛰는 소리가 다른 사람에게 들릴까 봐 초조하고 두려웠다.

발표불안은 심리적인 요소가 원인인 경우가 대부분이다. 어린 시절 상처와 아픔 때문일 수 있고, 열등감 때문일 수 있다. 학창 시절 책을 읽다가 창피를 당했거나 발표를 망친 경험이 콤플렉스가 된 경우도 있고, 누군가와 비교당한 경험 때문일 수도 있다. 자신의 성격이나 독특한 문제 때문일 것이라고 단정 지으며 '나는 이상한 아이' 라는 자책도 적잖이 했을 것이다.

나도 어렸을 적에 엄마 사랑을 많이 받지 못했다. 혼나지 않으려고 애써야 했다. 울고 떼를 쓰면, 내 감정을 알아주고 쓰다듬어 주기보다는 탓하며 매를 드셨다. 조건부 사랑을 받은 아이들은 어른이 돼서도 뭔가를 잘해야만 칭찬과 인정을 받을 수 있다고 생각한다. 발표도 예외가 아니다. 잘해야 한다는 압박. 멋지고 훌륭하게 실수 없이 해야만 사람들의 손가락질을 피할 수 있을 거라는 생각이 무의식에 자리하고 있다. 과거의 경험이 트라우마가 되어 우리 안에 각인되었기 때문이다.

소모임에서 짧은 자기소개조차 곤혹스러워하는 사람들이 있다. 그 고통을 누구보다 잘 알기 때문에, 발표불안을 극복할 수 있는 방법을 알려 주고 싶었다. 나만 해결하고 끝낼 문제가 아니었다. 당당하고 자신감 넘치는 지금의 내 모습을 찾기까지, 힘들고 어려운 시간을 수없이 견디고 이겨 냈다. 발표불안에 시달리며 괴로워하는 사람들을 보면, 불과 얼마 전까지 힘들었던 내 모습이 선명하게 떠오른다. 남의 일처럼 여길 수 없었다. 그들에게도 당당한 삶을 찾을 수 있다고 알려 주고 싶었다. 그렇게 나는, 내 삶의 소명을 만났다.

스피치 수업 시간에는 스피치 기술과 요령보다는 심리적 불안을 근본적으로 극복하면서 발표 연습을 함께 진행한다. 그리고 응원과 격려 속에서 서로 힘을 주고받는다. 사랑받는 환경 안에서 훈련을 했을 때 심리적인 불안이 해결되고 자존감도 회복된다. 먼저 자존감을 바로 세워야 발표불안을 극복할 수 있다.

'내가 할 수 있을까?' 라는 의문을 가지고 시작하는 것과 '어떻게 하면 내가 할 수 있을까?' 라고 시작하는 것은 천지 차이의 결과를 가져온다. '어떻게' 라고 하는 순간 스스로 해결 방법을 찾게 되는 내적 힘이 생긴다. 그동안 발표불안 때문에 자리를 피하고 숨어 지냈다면 이 책을 읽기만 하지 말고 21가지 발표불안 시크릿을 꼭 실천해 보길 바란다.

이 책 안에는 내가 발표불안을 극복했던 경험을 모두 담았다. 많은 사람들이 이 책을 읽으면서 공감과 위로를 받고 용기를 얻었으면 좋겠다. '저 사람도 했으면 나도 할 수 있겠다.' 라는 생각으로 가슴에 희망을 품었으면 좋겠다.

신이 누군가에게 큰일을 맡기기 위해서 그 사람을 고통스럽게 한다고 한다. 그 고통을 참을성 있게 이겨 낸 자에게 지금까지 못 했던 일을 잘할 수 있게 한다는 것이다. 참을성을 가지고 노력했을 때 분명 내가 생각하지 못했던 모습이 되어 있을 거라 믿는다.

발표불안은 반드시 극복된다!

차례

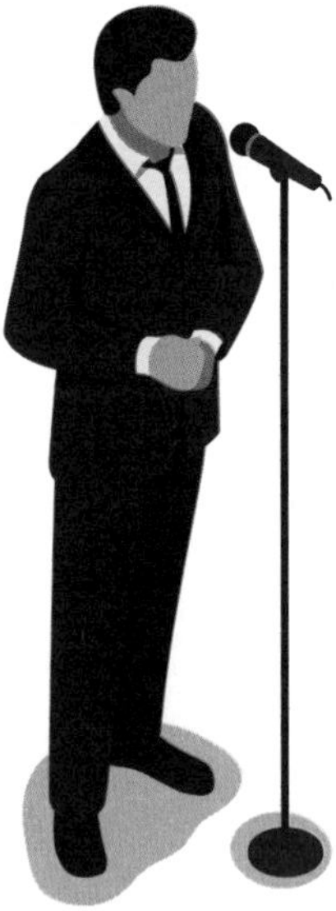

제 **1** 장

발표불안에
대하여

제
1
장

발표불안에 대하여

● ● ● ● ●

1. 고통스러운 발표불안

꾹꾹 눌러두고 살았다. 밝히고 싶지 않았고, 다른 사람들에게 알려지는 게 싫었다. 누군가는 대수롭지 않은 문제라고 여길지도 모르겠다. 정작 내게는 죽기보다 두려운 벽이었다.

학창 시절, 나에게는 주인공 병이 있었다. 주목받는 존재가 되고 싶었다. 과제가 있는 날이면 밤을 새워서라도 발표 준비를 했다. 친구들 앞에 나가 근사하게 발표하고 박수받고 싶었다.

"베토벤에 대해서 누가 한번 발표해 볼까?"

선생님의 말이 끝나기가 무섭게 나는 번쩍 손을 들었다. 거기까지였다. 지목을 받아 앞으로 나간 나는, 반 아이들이 지켜보는 가운데 얼굴이 시뻘겋게 달아오른 채 염소만 한 목소리로 중얼거릴 뿐이었다.

과제 노트를 잡고 있던 손은 수전증에 걸린 사람처럼 바들바들 떨고 있었다. 온몸은 경직되고 어깨는 작아졌다. 친구들이 나를 보고 웃었다. 도망치고 싶었다. 부정적 경험은 어른이 되고 나서도 기억 속에 남아 나를 괴롭혔다. '발표' 하면 겁부터 났다. 나는 왜 남들 앞에서 편안하게 말하지 못하는 걸까. 발표 하나 제대로 하지 못하는 스스로를 비관하며 머리를 벽에 박아 댔다. 어릴 적 좋지 않았던 경험은 열등감 콤플렉스가 되었다. 부족함을 인정하는 것이 쉽지 않았다. 누군가의 사소한 한마디에도 예민하게 반응하고 쉽게 상처를 받았다. 어떻게 하면 열등감으로부터 자유로워질 수 있을까. 평생 이렇게 고개를 숙이고 살아야 하는 것인가.

발표불안 콤플렉스는 외모에 대한 콤플렉스로 이어졌다. 친구들의 머리카락은 까만색이었는데, 내 머리카락은 금발이었다. 엄마, 아빠 얼굴과 똑같이 생긴 걸 보면 입양은 아닌 것이 확실했다.

엄마는 아버지가 밤늦게 술을 먹고 와서 요강을 찾다가 내 머리에 오줌을 싸서 그런 거라고 했다. 믿어야 할지 말아야 할지.

금발 때문에 학창 시절 내내 불량 학생으로 오해를 받았다. 매일 교문 앞에서 손을 들고 있어야 했다. 교무주임 선생님이 매일 교문 앞을 지키고 있었다.

"너 머리 염색했지?

"안 했는데요! 태어날 때부터 머리카락 색이 이랬어요! 믿어 주세요."

선생님은 곰 발바닥 같은 손으로 내 머리를 때리셨다. 얼마나 세게 때렸는지 고개가 뒤로 넘어갈 정도였다. 목뼈가 부러지지 않은 것이 천만다행이었다. 창피했다. 죽고 싶은 심정이었다. 전교생이 지나가는 교문 앞에서 잘못도 없는 나를 때리는 선생님이 원망스러웠다. 내 머리카락은 대체 왜 이런 색깔인 걸까. 자존감은 떨어졌고, 머리를 검사하는 날이 되면 두렵기만 했다. 주머니에 먹물을 감추고 화장실에 가서 머리카락에 발랐다. 머리에서 먹 냄새가 진동했다. 손에 묻은 먹물 자국은 잘 지워지지도 않았다. 마음속 상처가 먹물처럼 남았다.

성적도 엉망이었다. 공부를 할 수 없었다. 어느 날 친구가 머리를 짧게 깎고 왔다. 흔히 말하는 스포츠머리 스타일이었다. 나도 확 밀어 버릴까. 바로 나는 미용실로 달려갔다.

"아줌마! 확 밀어 주세요!"

그날 나는 군에 입대하는 사람처럼 머리를 밀어 버렸다. 다음 날, 교문 앞에서 교무주임 선생님이 나를 불러 세웠다.

"너 지금 반항하냐?"
"아닌데요. 자르다 보니까 이렇게 됐어요. 믿어 주세요."

다행히 때리지는 않으셨지만, 난데없이 수학여행을 보내지 않을 거라고 협박하셨다. 보내 달라고 울고불고 사정해서 수학여행을 갈 수는 있었지만, 선생님 눈치를 보느라 하나도 즐기지 못했다.

자존감과 자신감으로 충만해야 할 학창 시절, 나는 열등감 콤플렉스 때문에 항상 웅크리고 있었고 기가 죽어 있었다.

어느 날 우연히 〈전지적 참견 시점〉이라는 TV 프로그램을 보게 되었다. 개그우먼 이영자 씨가 800명 넘는 장병들 앞에서 자신의 콤플렉스를 이야기했다. 눈과 귀를 뗄 수 없었다. 어릴 적 생선가게 딸로 사는 것이 이영자 씨에게는 콤플렉스였다. 어딜 가든지 습관적으로 자신의 몸 냄새를 맡게 되었다고 한다. 열등감 콤플렉스는 자신을 힘들게 할 뿐 아니라 가족까지 힘들게 했다는 말을 하면서 목소리가 살짝 떨리기도 했다. 가족을 위해서라도 그녀는 스스로 열등감을 떨쳐 내기로 결심을 하게 되었다.

자신이 남들보다 못한 환경에서 자랐다는 열등감은 세상을 바로 볼 수 없게 만든다. 열등감은 자신을 인정하고 받아들여야 풀리는 문제다. 이영자 씨는 토끼와 거북이 이야기를 하면서 열등감에 대한 이야기를 이어 나갔다. 왜 거북이는 굳이 경주를 했을까. 거북이에게는 열등감이 없었기 때문이라고 했다. 거북이는 이기고 지는 것을 중요하게 생각하지 않았고, 그래서 최선을 다해 결승선까지 갈 수 있었다는 얘기다. 나는 분수도 모르고 경주를 하자고 한 거북이가 미련하다고만 생각했지만, 이영자 씨는 거북이를 긍정적인 시각으로 바라보았다. 열등감을 삶의 동력으로 삼아 내면의 성장을 위해 노력해야 한다. 학창 시절에 나의 금발을 받아들이고 사랑해 줄 수 있었더라면. 적어도 머리카락에 먹칠을 하는 어리석은 짓은 하지 않았을지도 모르겠다.

열등감은 타인과의 비교에서 비롯된다. 누구에게나 있을 수 있는 문제다. 친하게 지냈던 동생 K는 항상 자신의 학력 때문에 열등감을 가지고 있었다. 좋은 대학을 나오지 못해서 사랑하는 사람과 헤어질 뻔했다고, 적어도 K는 그렇게 생각했다.

"나 같이 부족한 사람이 어떻게 능력이 있고 좋은 사람을 만날 수 있겠어."

내가 보기에는 부족한 게 없는데, K는 스스로 부족하고 모자란 존재라고 생각했다.

법륜 스님은 『지금 이대로 좋다』(정토출판, 2019)에서 '잘나고 싶은데 뜻대로 안 되면 열등감에 사로잡힌다.' 라고 하셨다. 열등감이 생기는 이유는 남들보다 잘나고 싶은 마음이 내면에 깔려 있기 때문이라는 거다. 부족하다는 마음은 곧 잘나고 싶은 마음이라는 뜻. 바로 그 마음이 우리를 두렵고 불안하게 만드는 이유다.

열등감을 해결하기 위해서는 가장 먼저 자신을 인정해야 한다. 부족하고 모자란 '나' 를 있는 그대로 사랑할 수 있도록 마음 훈련을 해야 한다. 좋고 나쁨의 잣대로 자신을 평가하지 말자. 거울을 보면서 자신의 장점을 찾아 칭찬하는 것도 열등감 해결에 좋은 방법이다. 작은 칭찬이 쌓이다 보면 열등감이 자기애로 대체되면서 자신이 가치있다고 믿게 될 것이다.

2. 발표불안의 실체

지피지기면 백전백승(知彼知己百戰百勝)이라는 말이 있다. 적을 알고 나를 알면 백 번을 싸워도 백 번을 이긴다는 말이다. 지금 당신이 발표불안을 겪고 있다면 당신의 적은 발표불안이다. 발표불안이라는 놈이 누구인지, 왜 나에게 왔는지 실체를 밝히고 알아야 발표불안에서 벗어날 수 있다. 발표불안이란 말 그대로 '발표할 때 불안한 증상'을 말한다. 다시 말해 많은 사람들이 자신에게 집중할 때 느끼는 불안 증상이다. 일상생활에 지장을 받기도 한다. 발표불안 때문에 직장을 그만두거나 이직을 하는 사람들도 있다.

스피치 학원에 다닐 때 직업이 소방관인 분이 있었다. 놀랍게도 그분은 소방관이 되고 싶어서 된 것이 아니라 발표불안이 있어서 소방관이 되었다고 했다. 소방관이 되면 '발표 없이 불만 끄면 되겠지.'라고 생각했는데 조회 시간에 주간 보고를 해야 했다. 그분은 자기 차례가 점점 다가올수록 심장이 심하게 두근거려서 도망가고 싶었다고 했다. 발표불안 때문에 직업을 선택할 정도면 심각한 상태다. 발표불안이 있는 사람들을 직접 만나고 나서 '나만 불안이 있는 것이 아니구나.'라는 생각에 안도감이 들었다. 그간 걱정이 녹아내리는 것 같았다.

대부분 발표불안이 있는 사람들은 친한 친구와 단둘이 이야기할 때는 명연설가가 된다. 하지만 많은 사람들 앞에서 말할 땐 초긴장한다. 앉아서 이야기할 때는 말을 잘하다가 일어서기만 하면 왜 그렇게 떨리고 긴장되는 걸까.

내가 발표불안을 극복하기 전까지 발표불안은 안 좋은 것, 나쁜 것이라고만 생각했다. 불안 증상이 조금이라도 나타나면 쥐구멍에라도 숨고 싶을 정도로 민망스러웠다.

우리 몸은 증상과 감정이 자동으로 동시에 올라온다. 위험하다고 생각되면 우리 뇌에서 방어하라는 신호를 알람처럼 알려 준다. 그것이 발표할 때 느끼는 불안 증상이다. 적당한 긴장은 성공적인 발표를 위해서 필요하지만 조절되지 못하고 과했을 땐 문제가 발생된다. 발표불안을 극복한다는 것은 불안을 제로 상태로 만드는 것이 아니라 과한 불안을 불편하지 않게 조절하고 통제하는 능력을 기르는 것이다. 나는 불안 증상이 있을 때마다 무조건 불안을 없애려고 했고, 모른 척했다. 뜻대로 되지 않을 땐 발표불안이라는 놈에게 욕을 하고 화를 낸 적도 있었다. 하지만 화를 내고 욕을 할수록 발표불안은 더 반항하는 아이처럼 말을 듣지 않았다. 두근거리는 심장은 아무도 눈치채지 못하겠지만 손 떨림, 얼굴 홍조, 떨리는 목소리는 감출 수 없었다. 신체 증상에 신경을 쓰다 보면 무슨 말을 해야 할지 잊게 되고 머릿속이 하얘진다. 머릿속이 하얘지면 당황하게 되고 불안감이 더 크게 증폭된다. 결국 악순환의 고리를 끊지 못한 채 발표는 무섭고 두려운 것이 되는 것이다.

10년 동안 같은 회사에서 일했던 동생이 있었다. 얼굴도 예쁘고 성격도 활발해서 인기도 꽤 많았던 동생이다. 어느 날 함께 술을 마시다가 고민이 있다며 속내를 털어놓았다.

"언니. 나는 사람들하고 앉아서는 말을 잘하는데 일어서면
얼굴이 빨개지고 떨려서 말을 못 하겠어."

우리는 고민이 있으면 털어놓는 사이였지만 발표불안이 있다는 사실은 서로 알지 못했다. 동생도 나처럼 숨기고 싶은 콤플렉스였던 것이다. 동생은 얼굴이 시뻘겋게 달아오르면 창피하고 부끄럽다고 했다. 사람들 앞에서 말을 할 때마다 '저 사람이 날 어떻게 생각할까?', '얼굴 빨개진 걸 보고 이상하게 생각하면 어떡하지!' 라는 생각이 든다고 토로했다. 과거에 나도 발표불안이 심했기 때문에 동생의 고민이 충분히 공감이 되었다. 발표불안이 있다고 말하기 전에는 아무도 그 사실을 알지 못한다. 발표할 때마다 '떨면 어떡하지?' 라고 생각하면 100% 떤다. '실수하면 어떡하지?' 라고 생각하면 100% 실수한다. 내가 어떤 생각을 하면서 발표하느냐가 중

요하다. 사람의 몸은 생각한 대로 반응한다. 당당하게 발표하고 싶다면 생각의 관점을 바꿔야 한다.

불안과 두려움을 설렘이라는 좋은 감정으로 바꿀 수 있어야 한다. 극한의 짜릿함을 느낄 수 있는 놀이 기구인 롤러코스터를 한번 생각해 보자. 롤러코스터를 잘 타는 사람들은 심장이 떨어질 것 같고 내장이 꼬이는 것 같은 기분을 쾌감이라고 표현한다. 허공에 매달릴 때, 두려움보다는 짜릿함을 느낀다. 놀이 기구를 탈 때 긴장되고 무서워도 반복해서 타는 이유는 최고 지점에서 느끼는 설렘과 초고속으로 달릴 때 쾌감 때문이다. 롤러코스터를 탈 때처럼 발표불안을 설렘과 쾌감이라고 느끼는 순간이 오면 게임은 끝났다. 불안은 결코 나쁜 감정이 아니다. 즐거움과 설렘이 될 수 있다. 발표할 때 긴장되고 떨린다면 두려워하지 말고 롤러코스터를 탔을 때의 짜릿한 설렘이라고 생각해 보자.

『다산의 마지막 공부』(조윤제, 청림출판, 2018)에서는 '어떤 상황을 맞았을 때 자신을 자신의 감정과 동일시하는 것이 아니라, 한 걸음 물러서서 남의 일을 관찰하듯이 스스로를 객관적이고 합리적으로 볼 수 있다면 감정의 지배를 받지 않게 될 것이다.' 라고 했다. 발표할 때 불안한 상황이라면 내 안의 불안한 마음을 객관적으로 바라보는 연습을 해야 한다. 그래야 자신의 문제를 바로 볼 수 있다.

나도 발표 직전에 긴장한다. 긴장하지 않는다고 하면 100% 거짓말이다. 하지만 전과 달라진 것이 있다면, 불안을 멀리서 지켜보고 문제의 본질을 제대로 파악하는 인식이 생겼다는 점이다. 발표 직전에 심장이 두근거리면 심장 소리에 집중하며 나에게 말을 건다.

"너 지금 설레는구나."
"너 지금 기대되는구나."

이렇게 불안한 증상을 바라보고 자신과 대화를 하다 보면 마음이 편안해지고 두려움이 줄어든다. 불안의 실체는 외부에서 오는 것이 아니라 내 생각에서 만들어 낸 것이다. 불안이 나를 집어삼키지 못하도록 똑바로 바라보자.

불안의 실체를 제대로 바라보는 것. 이것이 바로 불안에 휘둘리지 않고 나를 당당하게 지켜 내는 방법이다.

3. 나만의 스트레스인가

대학교 1학년 때 부모님 사업이 부도가 났다. 그래서 학교를 졸업하지 못하고 돈을 벌어야 했다. 자격증이나 기술이 없어서 주유소에서 기름을 넣고 식당에서 서빙을 하는 육체적인 노동을 해야 했다. 그러다 친구의 소개로 자동차 공장에 입사하게 됐다. 단순 생산직이었다. 12시간 동안 말없이 조립만 하다 보니 입에서 똥내가 났다. 쉬는 시간 10분 이외에는 말할 시간이 없었다. 매일 말없이 쳇바퀴만 돌려대는 불쌍한 다람쥐가 바로 나였다.

2002년 붉은악마가 전 세계를 감동시킬 때 나는 독일에 출장을 가게 됐다. 독일 장비를 한국에 가져오기 위해서 기계를 익히고 배웠다. 생산 부서에서 품질을 담당하는 부서로 옮기게 되면서 내 삶에 변화가 생기기 시작했다. 아침 회의 시간마다 품질 보고를 해야 했다. 입사해서 5년 동안 말없이 쳇바퀴만 돌리던 내가 다른 사람 앞에서 발표를 해야 했다. 상상만 해도 심장이 빨래처럼 짜졌다. 발표불안은 불편하고 낯선 환경에서 더 나타난다. 아침 회의 시간에 모인 사람들은 나보다 직급이 높은 사람들이었다. 나를 평가하고 비난할 것만 같았다. 다들 잘하는 발표를 나 혼자만 못하고 떠는 것 같았다. 발표 때문에 회사 가는 것이 죽기보다 싫었고 회의 시간이 지옥처럼 느껴졌다. 입에서 똥내가 나도 좋으니 다시 쳇바퀴를 돌리는 다람쥐가 되고 싶었다.

내가 발표불안이 있다는 걸 사람들이 아는 게 싫었다. 남들에게 약한 모습보다 강한 모습을 보여 주고 싶었다. 그것이 나를 방어하는 방법이었다. 죽어서 관 속에 들어갈 때까지 그 비밀을 안고 가고 싶었지만 금세 들통이 났다.

다른 사람들은 떨지 않고 말을 잘하는데 왜 나만 발표불안이 있는지 속상하고 화가 났다. 그대로 두고 볼 수가 없어서 스피치 학원을 등록했다. 스피치를 배우면서 사람들의 속마음을 듣게 되었다. 놀라운 사실은 나만 힘들다고 생각했던 고민을 이미 많은 사람들이 하고 있다는 점이었다. 한 여자분은 자기소개를 할 때 너무 떨려서 우셨다고 했다. 남들 앞에서 말하는 것이 죽기보다 싫었다는 말을 지금도 잊을 수가 없다. 짧은 자기소개조차도 발표불안이 있는 사람들에겐 두렵고 공포스러운 일이다.

겉으로 보기엔 행복해 보이고 편안해 보이지만 당사자는 죽을 만큼 고통스러울 때가 있다. 내가 발표가 끝나면 항상 사람들이 나에게 이런 말을 했다.

"말을 너무 잘하는데 여기 왜 오셨어요?"

발표하는 내내 심장이 터질 것처럼 떨리고 힘들었는데 떨지 않고 잘했다며 칭찬해 주었다. 사실 심장 소리가 다른 사람들에게 들릴까 봐 노심초사했다는 것은 나만 아는 비밀이다.

나만 떠는 것이 아니라는 것을 알고 난 뒤에 마음이 편해졌다. 많은 사람들이 나와 같은 문제로 고민하고 있다고 생각하니 안도감이 느껴졌다.

내가 남들 앞에서 긴장하고 불안해하는 이유는 남을 너무 의식해서이다. '다른 사람이 날 어떻게 생각할까.' 라는 생각이 나를 더 불안하게 만든다.

인간은 누군가에게 인정받고 싶어 한다. 잘 보이고 싶고 잘나고 싶은 것이 사람 마음이다. 사람들은 나를 평가하기 위해 온 심사위원이 절대 아니다. 그들은 내가 얼마나 떠는지 절대 평가하며 듣지 않는다. 내가 무슨 내용을 말할까 궁금해한다. 그냥 있는 그대로 나를 받아들이고 감정을 표현하면 문제 될 것이 없다. 떨리면 떨린다고 말하고 불안하면 불안하다고 말하자. 자신의 감정을 있는 그대로 표현할 때 스트레스는 줄어든다.

스피치를 배우러 오는 이유는 발표불안을 해결하기 위해서다. 말 잘한다고 자랑하러 온 것이 절대 아니다. 그런데 사람들은 떨지 않고 자신 있게 말하려고 애쓴다. 잘하려고, 잘 보이려고 하면 할수록 몸에 힘이 들어간다. 애쓸수록 더 긴장된다. 불안의 근원을 찾고 해결하기보다 참고 견디려고만 한다. 참고 견디는 것은 에너지 소모가 클 뿐 아니라 실패했을 때 쉽게 포기하게 만든다. 처음은 누구나 어렵고 힘들다. 내가 부족해서가 아니라 처음이라서 힘든 것이다.

대전 시민대학에서 스피치 수업을 했을 때의 일이다. 수강 신청 기간이 되면 발표불안 스피치 강좌가 반나절도 안 되어서 정원이 마감된다. 그만큼 발표불안을 극복하고 싶은 사람이 많았다. 개강이 되면 수강생들이 강의실에 꽉 찰 정도로 많다. 첫 시간에는 자기소개를 한다. 서로 얼굴을 익히고 편안한 분위기를 만들기 위해서다.

쉬는 시간에 대학생으로 보이는 여학생이 나에게 조용히 다가와 떨리는 목소리로 말을 했다.

"선생님, 저 못하겠어요."

"이렇게 사람이 많을 줄 몰랐어요."

"다음에 다시 올게요."라고 내 손을 잡으면서 말했다. 아직 발표도 하지 않았는데 손은 이미 땀으로 젖어 있었고 눈동자는 지진이 난 것처럼 흔들리고 있었다. 보이지 않는 발표불안이 이렇게 사람을 공포스럽게 만들다니.

여학생이 발표불안을 극복할 수 있도록 도와주고 싶었지만, 순식간에 손을 뿌리치고 가는 바람에 도와주지 못했다. 무섭다고 숨거나 도망치면 그 순간은 편할지 모르지만 불안은 눈덩이처럼 더 커질 것이다. 잠시 그 순간을 피해서 마음이 편해지는 것을 택할지 아니면 두렵고 무섭지만 불안과 맞짱을 뜰 건지 자신의 선택에 달렸다. 절대 피하고 숨어서는 안 된다. 발표불안을 극복하려면 발표불안이라는 놈과 맞짱을 떠야 한다. 정면으로 바라보고 부딪쳐야 한다. 발표하다가 죽을 것 같지만 절대 죽지 않는다. 발표하다가 죽었다는 사람은 들어보지 못했다. 죽을 것 같은 고통을 용기를 내서 한 걸음 내딛는 다면 더 이상 두려운 대상이 되지 않는다. 죽이 되든 밥이 되든 절박한 마음으로 앞으로 나가자.

많은 사람이 발표불안에서 자유롭고 싶어서 스피치를 배우러 온다. 불안하고 창피해서 몰래 배우러 오는 사람도 있다. 불안과 긴장을 나쁜 것이라고 생각하기 때문이다. 발표불안이 있다는 것을 다른 사람들이 알게 되면 이상하게 볼 거라고 생각한다. 다른 사람들이 나에게 관심이 많을 것이라 생각하지만 사실 사람들은 다른 사람들에게 관심이 없다. 여행 가서 찍은 사진을 볼 때 내 표정, 내 포즈만 보듯이 사람들은 나에게 그다지 관심이 없다. 내 눈엔 나밖에 보이지 않는다. 발표할 때도 마찬가지다. 사람들은 당신에게 그다지 관심이 없다. 자신이 어떤 이야기를 할지를 더 많이 생각하고 고민한다. 그러니 타인을 의식할 필요가 전혀 없다. 다른 사람이 나를 평가하고 저울질한다고 생각하지 말자.

　나를 평가하는 것은 나 자신이다. 내가 나를 불안하게 만든다는 것을 명심하자.

제2장

발표불안 극복을 위한
21가지 처방전

1. 발표불안 인정하기
2. 타인의 시선에서 자유로워지기
3. 내면아이 치유하기
4. 나를 믿고 사랑하기
5. 매사에 감사하기
6. 불안을 긍정적으로 바라보자
7. 자기암시를 하라
8. 스토리에 집중하라
9. 호흡하고 낭독하라
10. 청중을 사랑하라
11. 떨림을 설렘으로 바꿔라
12. 자신 있게 제스처 하라
13. 자신을 칭찬하라
14. 이미지 트레이닝을 하라
15. 함께해라
16. 스피치에 미쳐라
17. 긍정 마인드 습관을 만들어라
18. 동기부여 영상과 책을 탐하라
19. 행동하라, 바로 지금!
20. 입이 닳도록 연습해라
21. 강철멘탈을 장착해라

제

2

장

발표불안에 극복을 위한 21가지 처방전

1. 발표불안 인정하기

불안이라는 놈과 정면으로 맞서기 위해서는 어떻게 해야 할까? 먼저 불안이란 놈을 똑바로 쳐다봐야 한다. 그리고 내가 어느 정도의 발표불안이 있는지 체크해 보는 것이 중요하다. 심각한 수준인지, 경미한 수준인지를 알아야 해결하기가 쉽다. 수업 첫 시간에 발표불안 진단지에 체크한 것을 보면 불안 정도가 심각하다. 하지만 종강을 하고 난 뒤에 다시 체크를 해보면 스스로 놀랄 만큼 달라져 있다. 자신의 불안정도가 어느 정도 인지 알고 인정하는 것이 중요하다. 환자가 얼마나 아픈지 알아야 의사가 치료하기 쉬운 것처럼 강사도 수강생들이 얼마나 불안한지 알아야 한다. 자신의 불안을 숨기지 않고 드러내는 사람이 불안을 극복하는 속도가 빠르다. 숨 길수록 불안은 절대 사라지지 않는다.

2017년 8월 15일은 나에게 특별한 날이다. 나의 첫 책인『절망의 끝에서 웃으면 살아간다』(마음세상, 2017)가 세상에 나온 날이기 때문이다. 2017년 2월에 작가 수업을 듣고 한 달 만에 초고를 완성했다. 연년생을 키우면서 나만의 시간을 확보하는 건 쉽지 않았다. 새벽 시간만이 글을 쓸 수 있는 유일한 시간이었다. 지금까지 살아온 이야기를 쓰면서 눈물이 멈추지 않았다. 집의 부도, 아버지의 죽음, 10년간의 공장 생활, 신용불량자의 삶, 아이의 병에 관해 글을 쓰면서 그동안 살면서 불안하고 고통스러웠던 일들이 많았다는 사실을 알게 되었다.

내가 살아온 인생을 낱낱이 아는 사람은 없었다. 항상 밝고 강하게만 보이던 나에게 아픔이 있었다는 것을, 책이 출간이 되고 나서 사람들이 알게 되었다. 남들 앞에서 약한 모습을 보이기 싫었다. 이런 내 모습이 호수에서 우아하고 아름답게 헤엄치지만 물속에서는 수백 번의 발길질을 하는 백조는 아닐까 라는 생각이 들었다. 겉으로만 잘 살고 있는 것처럼 보이는 껍데기 같은 삶이 나를 더 불안하고 힘들게 만든 것 같다. 책 한 권 안에 나의 아픔과 불안했던 삶을 솔직하게 쓰고 난 뒤 신기한 일이 벌어졌다. 막힌 하수구가 뚫리는 기분, 가슴에 박혔던 돌덩이 하나가 빠져나가는 것 같았다. 숨김없이 나를 드러내고 나서야 불안이라는 놈도 순한 양처럼 유해지기 시작했다.

대부분 사람들은 자신의 개인적인 이야기를 잘 말 하지 않는다. 수강생 K 씨는 자신에 대해서 잘 알려주지 않았다. 이분은 사람에게 상처를 받은 것 같았다. 자신을 알리지 않으면 인간관계에서도 문제가 생긴다. 사람에게 상처를 받았던 사람이면 마음의 문을 걸어 잠글 수 있다. 안에서 잠긴 문은 절대 밖에서 열 수 없다. 사람으로 생긴 상처는 좋은 사람들을 만나서 치유해야 한다. 상처를 꺼내지 않고 가슴속에 계속 묻어 둔다면 작은 상처가 더 크게 퍼져 곪아 썩게 된다. 그 때는 치유가 더 힘들어진다. 상처를 치유하고 불안을 해결하고 싶다면 나를 있는 그대로 알리는 것부터 시작해야 한다.

나는 많은 아픔과 상처를 가슴에 품고 살았다. 나를 숨기고 가두며 살아왔다. 그러다 보니 불안과 스트레스가 내 마음을 조금씩 갉아먹는지도 모른 채 많은 시간을 흘려보냈다. 그렇게 삶의 의욕도 희망도 없었던 내가 글쓰기를 만나 '나' 라는 존재를 알게 되고, 그동안 내가 얼마나 불안하고 힘든 삶을 살아왔는지 알게 됐다. 과거의 잘못된 삶을 탓하기보다 나를 더 안아 주고 위로해 주기 시작했다. 그렇게 불안하고 힘들었던 나의 과거를 온전히 받아들이고 나를 사랑하게 됐다. 내면이 정리되면서 깃털처럼 마음이 가벼워졌다. 자신을 숨기면 숨길수록 불안한 마음은 눈덩이처럼 불어난다. 아픔과 상처를 똑바로 바라보고 괜찮다고 인정하는 순간 불안에서 자유로워진다. 가끔 지인들이 나에게 묻는다. 정말 괜찮냐고.

그 말은 너의 과거를 다른 사람이 알아도 상관없냐는 말이다. 나는 숨기고 감추는 게 더 힘들다고 말했다. 오히려 솔직하게 있는 그대로 드러내는 것이 홀가분하다.

발표불안이 있는 사람들은 자신이 발표불안이 있다는 사실을 쉽게 말하지 못하고 스스로 인정하지 않는다. 그동안 나는 심장이 터질 것 같으면서도 편안하게 말하는 척하느라 에너지를 너무 썼다. 그래서 발표가 끝나면 다리에 힘이 풀리고 그 자리에 주저앉고 싶었다. 발표하는 날이 되면 나의 발길은 저절로 약국으로 향했고 우황청심환을 먹어야 마음이 편해졌다. 우황청심환을 자주 먹으니 내성이 생겼다. 나중엔 약을 먹어도 아무런 효과가 없었다. 약을 먹고 발표를 하면 덜 불안하긴 했지만 마음은 더 괴로웠다. 몰래 약을 먹고 안 먹은 척, 안 떨리는 척하는 내가 불쌍해 보였다.

'척' 하는 것이 사실 더 힘들다. 그래서 사람들에게 솔직히 고백했다.

"저 사실은……. 발표불안이 있어요. 그동안 약 먹고 발표했어요."

발표하는 것이 죽을 만큼 고통스럽고 스트레스였다고 말했다. 솔직하게 말하고 나니 속이 후련했다. 이젠 들통날까 조바심 낼 필요가 없었다. 우리 이제 더는 숨기지 말자.

수강생 중 L 씨는 발표불안이 심했다. L 씨는 표정과 목소리는 밝았지만 눈이 슬퍼 보였다. L 씨에게서 내 과거 모습이 투영되어 보여서 더 안쓰러웠다. 어떻게든 이분을 발표불안에서 자유롭게 만들어드리고 싶었다. 수업 시간 30분 전에 1 대 1 코칭을 하면서 L 씨의 살아온 인생 이야기를 듣게 되었다. 내 예상대로 아픔과 상처가 많았다. 아픔과 상처 때문에 누군가 자신을 조금이라도 위로해 주면 눈물이 난다고 했다. 과거의 아픔이 정리되지 않았기 때문이다.

나는 이제 과거의 아픔 때문에 울지 않는다. 그만큼 털어 내고 받아들였기 때문이다. L 씨도 자신의 아픔을 털어 내고 자신 있게 발표하는 날이 오리라 믿는다. 모든 것을 자각하고 느껴야 한다. 그 자각 안에서 자신을 믿어주고 사랑해 주어야 한다. "너는 충분히 괜찮은 사람이야."라고 용기를 주어야 한다. 다른 사람이 나를 믿지 못하면 나라도 나를 믿어 주고 응원해 줘야 한다. 평생 데리고 살 사람은 남이 아닌 나라는 사실을 깨달아야 한다. 샛길로 빠지지 않고 여기까지 잘 와준 자신이 얼마나 대견스러운가. 여기까지 참 잘 왔다고 말해주자.

자신을 우울하고 불안하게 만드는 것은 나를 아프게 했던 과거의 상처가 아니다. 바로 내 생각이 나를 아프게 하는 것이다. 내 생각이 지옥을 천국으로 만들 수도 있고 천국을 지옥으로 만들 수도 있다.

이제 자신을 사랑으로 보상해 줄 시간이다. 자신이 불행하다고 생각하면 불행한 사람이 되고 자신이 행복한 사람이라고 생각하면 행복한 사람이 된다. 부족함을 받아들이고 인정하자. 내면을 바로 보고 알아차리는 순간, 당신은 불안에서 해방될 것이다.

2. 타인의 시선에서 자유로워지기

천안에서 스피치 수업을 할 때였다. 나는 항상 수강생들보다 일찍 도착해서 수업 준비를 한다. 그날도 일찍 서둘러서 집에서 나왔다. 그날따라 번호 키로 된 학원 문이 열리지 않았다. 배터리 문제일 것이라고 생각하지 못하고 나의 기억력을 의심하고 있었다.

"이 번호가 맞는데 왜 안 되지?" 수십 번을 눌렀지만 문이 열리지 않았다. 할 수 없이 가까운 커피숍에 룸을 잡아 수업을 진행했다. 수강생들은 사람들이 많은 커피숍에서 발표를 하는 것이 부담스럽고 창피하다고 했다. '발표할 때 사람들이 쳐다보고 비웃으면 어떡하지?' 라고 생각하는 것 같았다.

"아무도 여러분에게 관심이 없어요. 걱정하지 마세요."라고 말을 했지만 걱정하는 표정이 역력했다. 커피숍을 둘러보니 사람들은 전혀 우리를 쳐다보지 않았다. 대부분 사람들은 자신에게 관심이 있다고 생각하지만 전혀 관심이 없다.

갑자기 수업 중에 한 여자가 커피를 들고나가다가 커피잔을 바닥에 떨어뜨렸다. 순간 여자는 당황해서 어쩔 줄을 몰라 했다. 잔이 바닥에 떨어질 때 주위 사람들은 무관심, 무표정이었다. 무표정으로 잠깐 고개만 돌릴 뿐 다시 자기 일에 집중하고 있었다. 오히려 커피잔을 떨어뜨린 사람이 얼굴이 빨개졌다. 당사자만 의식하며 부끄러워할 뿐 어느 누구도 관심이 없었다.

내가 알몸으로 거리를 뛰어다니지 않는 이상 사람들은 전혀 신경 쓰지 않는다. 이런 것을 우리는 '조명 효과(Spotlight effect)' 라고 한다. 이 효과는 자신이 무대에서 스포트라이트를 받는 연예인처럼 다른 사람들에게 관심을 받고 있다고 생각하는 것을 말한다.

조명 효과는 1999년 미국 코넬 대학의 심리학자 토머스 길로비치(Thomas Gilovich)가 만든 말이다. 조명 효과는 흥미로운 실험으로 유명하다. 그는 한 강의실에 독특한 티셔츠를 입은 학생을 들여보냈다. 학생의 티셔츠에는 왕년의 유명한 스타 사진이 그려져 있었다. 학생은 너무 옛날 스타 사진이라 자신의 옷이 눈에 띄고 사람들이 이상하게 여길 것이라고 생각했지만 정작 그 티셔츠를 눈여겨본 사람은 없었다. 토머스 길로비치는 이런 조명 효과의 원인을 '인간이 진화하면서 생겨난 결과'라고 말했다. 원시 시대에는 타인의 생각을 알아내는 것이 중요했다. 타인이 자신에게 관심이 있으면 동료가 될 수 있지만, 타인이 자신에게 관심이 없으면 악의를 가지고 있다고 생각했다. 생사와 연결이 됐기 때문에 다른 사람의 생각을 지나치게 의식하는 그 습성이 오늘날 우리에게까지 남아 있다고 했다.

스피치 1주 차 수업에는 자기소개를 한다. 자기소개는 나를 알리고 처음 만난 사람들과 친해지는 시간이다.

"누가 먼저 발표해 볼까요?"

라고 물으면 수강생들은 나와 눈을 마주치지 않으려고 고개를 푹 숙인다.

"저랑 눈을 마주치지 않는 사람부터 발표를 시킬 겁니다."라고 말하면 고개를 재빨리 든다.

"선생님 저는 마지막에 시켜 주세요." 라고 말하는 수강생도 있었다.

매를 늦게 맞으면 덜 아플 것이라고 생각하는 것 같았다. 늦게 발표하면 정말 덜 떨릴까? 오히려 자기 발표순서가 오는 동안 피가 마를 것이다.

"여기 있는 사람들은 모두 발표불안이 있어서 온 사람들입니다. 발표를 잘해서 잘난 체하려고 온 사람 있어요? 우리가 착각하고 있는 게 있어요. 내가 발표할 때 여기 앉아 있는 사람들이 나를 평가할 것 같죠? 절대 평가하지 않습니다. 여러분들이 떨고 긴장하든지 말든지 전혀 관심 없어요. 자기가 나가서 발표할 생각만 해도 머리가 아픕니다."

타인을 의식하지 말고 편안하게 발표하라고 말해 주었다. 불안스위치가 켜지면 자신의 증상을 의식할 수가 없다. 의식하기도 전에 증상이 나타나기 때문이다. 내 몸인데 내 맘대로 조절하지 못한다.

'잘해야 하는데 너무 떨려. 내가 떠는 걸 알면 어떡하지.'

머릿속에 온통 불안한 생각뿐이다. 어떻게 자기소개를 할지 생각하기보다 어떻게 하면 떨지 않고 말할까만 고민한다. 여기서부터 잘못됐다. 생각에 따라 내 몸이 반응한다는 사실을 기억해야 한다. 남들은 나에게 관심이 없다는 생각만 해도 몸과 마음이 편해질 것이다. 생각을 조절하는 것이 쉽지 않지만 연습과 훈련을 통해서 가능하다. 변화에 대한 두려움을 받아들이고 저항을 이겨 낼 때 성장이 시작된다.

"선생님이 하라는 대로 몇 번 해 봤는데 잘 안돼요. 그래도 떨려요."

몇 번 해 보고 불안이 없어지지 않는다고 고민을 토로하는 사람도 있었다. 나는 발표불안을 극복하기 위해 8개월이 걸렸다. 하루아침에 해결되기를 바라는 건 욕심이다.

수없이 실패를 해 봐야 성공할 수 있다. 나는 발표불안을 극복하기 위해서 수없이 시행착오를 거치고 실패를 했다. 실패할 때마다 자기암시를 하면서 잠재의식에 긍정의 씨앗을 심었다. 발표하기 직전에 떨리고 긴장될 때마다,

"다른 사람들은 내가 떨고 긴장하는 것에 관심이 없어."

"편안하게 말을 하자." 라고 반복해서 나에게 말해 주었다.

다른 사람이 설령 내가 떨고 있는 것을 눈치챈들 "어머 저 사람 떠는 것 좀 봐.", "저 사람 긴장했네. 너무 자신감 없어 보인다."라고 생각하는 사람은 한 명도 없다. 오히려 동병상련의 마음으로 응

원해 줄 것이다.

우리 머릿속에서 '남들이 날 어떻게 생각할까?' 라는 생각을 치워 버릴 때 나를 더 당당하게 무대에 세울 수 있을 것이다.

3. 내면아이 치유하기

스피치를 배우러 오는 사람들과 상담을 하다 보면 상처와 아픔이 없는 사람이 없다. 그들의 살아온 인생 이야기를 듣다 보면 왜 발표불안이 생겼는지 알 수 있다. 나는 사람들의 이야기를 온 마음으로 들어 준다. 그래서인지 사람들은 나에게 자신의 속 깊은 이야기를 서슴없이 이야기한다. 종종 사람들의 아픈 이야기를 듣다 보면 내 삶이 보일 때가 있다.

나는 어릴 때 엄마의 사랑을 많이 받고 자라지 못했다. 먹고 살기 바쁜 시절에 엄마는 새벽에 일을 가셔서 저녁이 돼서야 들어오셨다. 아버지는 외국으로 돈을 벌러 가셨기 때문에 엄마는 오빠와 나를 돌보면서 일을 하셔야 했다. 그것도 모자라 90세가 넘은 장애 시어머니까지 모셔야 했다. 삶이 얼마나 고되고 힘드셨을까.

어릴 때는 엄마를 이해하지 못했다. 이제야 엄마의 나이가 되고 보니 엄마의 마음을 알 것 같다. 어린 시절 나는 엄마의 앞모습보다 엄마의 뒷모습을 많이 보고 자랐다. 엄마와 함께 보낸 시간보다 장애가 있는 할머니와 보낸 시간이 더 많았다. 엄마의 사랑에 굶주렸지만 할머니께서 배고픔을 채워 주셨다. 엄마는 사랑을 주기 싫은 것이 아니라 사랑을 줄 시간이 없었다. 엄마는 일을 가야 했기 때문에 우리를 장애 할머니에게 맡기고 일을 가셨다. 하지만 듣지 못하고 말도 못 하시는 할머니가 나를 돌볼 수 있는 상황은 아니었다. 오히려 내가 할머니를 요양해야 할 상황이었다. 초등학교 때부터 할머니를 목욕시키고 밥을 차려 드리는 일은 항상 내 몫이었다.

할머니는 귀가 없으셔서 듣지 못하셨다. 온몸으로 표현을 해야만 그나마 할머니와 소통을 할 수 있었다. 이렇게 나는 어릴 때부터 사랑을 받기보다는 '주는 사랑'을 했다. 한참 사랑을 먹고 자라야 할 시기에 착한 아이로 살아야 했다. 그 착한 아이는 자라서 남들 앞에만 서면 위축되고 불안한 '어른아이'가 되었다.

내 안의 '어른아이'로 인해 나만 힘들어하는 줄 알았다. 그런데 2년 전 친한 지인이 울먹이며 전화가 왔다. 이제 막 강사로 활동하려고 하는 친구였다. 그 친구는 사람들 앞에서 말할 생각을 하니 두렵고 무섭다고 했다. 친구는 무대 공포증이 왜 생겼는지 스스로 그 뿌리를 찾는 중이라고 했다. 어떤 일에는 반드시 원인이 있다. 무대 공포증이 생긴 이유도 반드시 있다. 친구는 어릴 때 '착한 아이'로 자라서 그런 것 같다고 했다. 친구도 나처럼 할머니 손에 자랐다. 보통 할머니들은 엄마에게 혼이 나면 가슴으로 따뜻하게 안아 주시는 존재건만, 친구의 할머니는 얼음보다 더 차가운 분이셨다. 친구가 아이처럼 칭얼대고 울면, 왜 그런지 한 번이라도 친구의 마음을 따뜻하게 어루만져 준 적이 없었다. 학교에 갔다 오면 실내화와 체육복을 빨고 밥을 차리고 설거지를 했다. 부모의 사랑을 받으며 온실 속 화초처럼 자라야 할 시기에 친구는 혼자서 많은 일을 감당해야 했다.

"아이고 지겨워! 지겨워!"

할머니가 자주 내뱉은 한마디에 자신은 사랑받지 못하는 지겨운 존재라고 생각했다. 어른이 돼서도 자신의 의견과 감정을 표현하면 안 되는 줄 알았다. 그래서 좋은 일이 있어도 기뻐할 수가 없었다.

"내가 좋아해도 될까?"
"내가 사랑을 받아도 될까?"

내면아이가 불쑥불쑥 튀어나와 친구의 마음을 뒤흔들고 두렵게 만들었다. 다른 사람들 같았으면 도망가거나 회피했을지도 모른

다. 그런데 친구는 자신의 내면을 들여다보았다. 내면아이는 무의
식이라는 공간에 살고 있다. 수면 깊숙한 곳에 살고 있기 때문에
수면 위로 자주 떠오르지 않다가 어릴 때 겪었던 비슷한 상황이 되
면 불쑥 튀어나와 힘들게 한다. 이럴 땐 어떻게 해야 할까? 불안과
두려움이 내면아이로 인해 생긴 거라면 어떻게 치유해야 할까?

우리는 반드시 내면아이와 만나야 한다. 내면아이를 만나서 아
이의 이야기를 들어 주고 상처를 보듬어 주어야 한다. 상처가 있으
면 연고를 발라 주는 것처럼 마음의 생채기에도 연고를 발라 주어
야 한다. 마음에 바르는 약은 따뜻한 말과 위로이다. 내면아이에게
관심을 가지고 말을 걸어 주거나 편지를 쓰는 것도 좋은 방법이다.
친구는 내면아이에게 편지를 쓰고 대화를 하면서 그동안 힘들었던
아이의 마음을 풀어 주고 안아 주었다.
다음은 그 당시 친구가 쓴 편지이다.

어린 시절 힘들었던 미영이에게

어릴 때 성격이 꾕장한 할머니 아래서, 독불장군 같았던 사촌 언
니에게 억눌리고 주눅 들며, 너 참 많이 힘들었잖아.
말썽 피우는 아이도 아니었는데, 그냥 가만히만 있어도 욕먹고,

지겹다 그러고······.

너의 욕구, 감정 어느 것 하나 알아봐 주는 사람이 없어서 넌 참 외로웠을 것 같아.

그때, 엄마가 옆에서 얼마나 속상하냐고, 얼마나 힘들었냐고 안아 주고 다독여 줬다면 얼마나 좋았을까.

하지만 엄마도 그 지독한 시집살이에 얼마나 하루하루 힘들었겠니.

엄마도 맞벌이가 엄마의 유일한 도피처였을 거야. 그래야 엄마도 숨을 쉬고, 엄마도 살 수 있었을 거야. 네가 힘들다고 말하지 않았으니 엄마는 전혀 몰랐잖아. 엄마 잘못이 아니야.

할머니도 아이 셋 데리고 홀로되어 살아오신 그 세월이 얼마나 힘들고 외로우셨겠니.

그 모진 세월, 여자 혼자 몸으로 자식 셋을 키워 내느라 얼마나 고된 세월을 사셨겠니.

니에게는 상처가 된 어린 시절이지만, 그런 할머니를 같은 여자로 이해해 주자.

다 과거의 일일뿐이잖아. 모두가 삶이 고단해서 그랬던 것뿐이지 할머니가 너를 사랑하지 않아서 그랬던 게 아니야. 다 용서해 주고 어린 시절 너의 힘들었던 마음을 이제 풀어 보자. 어릴 때 그렇게 힘들었는데 이렇게 밝고 예쁘게 자라 줘서 난 네가 기특하고 자랑스럽다. 너무 대견해. 넌 충분히 사랑받아 마땅하고, 넌 충분히 존중받아 마땅한 사람이야.

이제 훌훌 털어 버리고 달려 보자!

좋은 일만 있을 거야 힘내!

너를 누구보다 사랑하는 미영이가.

친구는 내면아이에게 편지를 쓰고 힘들 때마다 대화를 하면서 불안을 조금씩 떨쳐 내고 있었다. 이제는 스스로도 충분히 사랑받을 자격이 있다고 생각하며 살아가고 있다. 지금은 많은 사람들 앞에서 당당하게 말하는 멋진 강사가 되었다. 자신의 두려움과 불안을 스스로 찾아 해결한 친구를 보면서 내면아이와의 대화가 얼마나 중요한지 알게 되었다.

내 마음속 어딘지 모르는 깊은 곳에 나의 내면아이가 있다. 발표 불안, 무대공포에 뿌리가 내 안의 나라는 사실을 알았을 때 당혹스러웠다.

상처의 원인을 찾게 되면 불안의 원인도 자연스럽게 알게 된다. 모든 문제에는 원인이 있다. 원인을 알기만 해도 문제를 해결할 수 있다. 남 앞에서 말하기가 두렵고 무섭다면 나의 인생 시계를 거꾸로 돌려 과거로 돌아가 보자. 내 안에 상처받은 아이가 있는지 찾아보자. 만약 있다면 모른 척하지 말고 따뜻하게 토닥여 주면서 대화를 해보자. 불안했던 마음이 조금씩 편안해질 것이다.

4. 나를 믿고 사랑하기

우리는 태어날 때 자존감 없이 태어나지 않았다. 살면서 잃어버렸거나 어딘가 꽁꽁 숨겨놓고 찾지 못하고 있다. 우리는 보물찾기 하듯 자존감을 되찾아야 한다. 그래야 어디서든 당당하게 나를 표현하며 살아갈 수 있다.

우리 안에 꽁꽁 숨어있는 자존감은 어디에 있는 것일까. 자존감을 찾으려면 어린 시절 상처받은 나를 들여다봐야 한다.

초등학교 4학년 때 일이다. 그때 당시 부모님은 작은 슈퍼를 운영하고 계셨다. 주말이면 부모님은 마을 사람들과 여행을 다니셨다. 슈퍼 문도 잠그고 손펀치 게임기 코드도 모두 뽑아 놓고 가셨다. 어느 날 같은 반 친구들이 집에 찾아왔다. 손펀치 게임기가 돈을 먹었다며 빚쟁이들처럼 돈을 달라고 했다. 급기야 친구들과 치고받고 싸우기 시작했다. 결국 아이들 싸움이 어른들 싸움으로까지 이어졌다. 엄마는 왜 친구랑 싸웠는지 자초지종도 물어보지 않고 친구들이 보는 앞에서 나를 때리셨다. 흙바닥에 넘어진 나를 발로 차기까지 했다. 그때 나를 쳐다보던 눈동자들…….

나를 비웃고 꼴좋다며 쳐다보는 친구들의 눈동자를 잊을 수가 없었다. 알몸을 보여 준 것처럼 부끄럽고 수치스러웠다. 어른이 돼서도 선명하게 기억에 남는 내 인생의 충격적인 사건이다. 엄마에게 맞은 기억은 그때뿐이 아니었다. 실수를 하고 잘못을 할 때마다 엄마는 한 번도 내 이야기를 들어 주지 않고 무조건 매를 드셨다. 그렇게 나는 잘해야만 칭찬을 받았고 잘못하면 매를 맞아야 했다. 친엄마가 맞는데 왜 그렇게 때렸는지 모르겠다. 엄마의 사랑을 받지 못한 나는 자존감이 바닥이었다. 자존감이 낮아서 어떤 일에도 자신이 없었다.

그중 하나가 발표였다. 나를 쳐다보는 눈동자가 무서웠다. 어디에 시선을 두어야 할지 난감했다. 땅을 쳐다보거나 이리저리 눈알을 굴리며 숨을 곳을 찾았다. 왜 나는 사람들 앞에서 발표만 하면 무섭고 떨리는 걸까? 단순히 긴장되는 정도가 아니라 공포 수준이었다. 항상 발표는 실패로 끝났다. 성공의 경험보다 실패의 경험이 쌓일수록 자존감은 지하 땅굴로 더 깊이 내려갔다.

"네가 그럴 줄 알았어."

"넌 발표하고는 안 맞아."

"넌 잘하는 것이 없어."

"분명히 또 떨거야" 라고 부정적으로 나를 의심하고 믿어 주지 않았다.

나를 믿고 의심하지 않는 마음이 자존감이다. 자존감은 자아존 중감의 줄임말로 자신을 사랑하고 존중하는 마음을 말한다. 또한 어떤 일을 할 때 잘할 수 있다고 생각하는 마음이며 사랑받을 만한 가치가 있다고 느끼는 마음이다. 발표불안이 있는 사람들 중에는 대체로 자존감이 낮은 사람들이 많았다. 자존감이 낮은 사람들은 가능해 보이는 상황도 불가능한 상황으로 만들어 버린다. 작은 실 수와 실패에도 '나는 원래 이런 사람이야.' 라고 단정 지어 버린다. 자신이 내린 평가보다 타인의 평가가 두려워 감정에 휘둘릴 때가 많다. 자신을 믿고 타인의 어떤 판단과 평가에도 흔들리지 않는다 면 어떤 상황에도 휘청거리지 않는 강인함과 유연한 마음을 가지 게 될 것이다.

심리학의 권위자인 지그문트 프로이트(Sigmund Freud)는 사람 의 욕구에는 두 가지가 있는데 하나는 성적 욕구이고, 다른 하나는 다른 사람에게 인정을 받고 싶어 하는 자존감 욕구라고 했다. 자존 감 욕구는 사람들이 뼛속까지 자신을 알아주기를 바라는 욕망 가 운데 하나이다. 자존감 욕구가 해결되면 자신감은 저절로 실과 바늘처럼 따라온다. 그렇다면 어떻게 하면 자존감을 높일 수 있을까?

김상현 작가는 『나라서 행복해』(시드앤피드, 2018)라는 책에서 자존감을 높이는 방법은 나에게 집중하고, 나를 사랑하며, 나에게 관심을 갖는 것이라고 했다. 내가 무엇을 좋아하는지, 내가 언제 행복한지, 내 장점이 무엇인지 관심을 갖다 보면 긍정적으로 자신을 바라보게 되고 도전하고 싶은 것이 많아지게 될 것이다. 나에 대한 관심이 내면으로 흘러 들어가 사랑으로 채워진다.

사랑이 충만해지면 자신을 칭찬해 주고 싶어진다. 스스로 칭찬을 해 줄 때 숨어 있는 자존감이 밖으로 나오게 된다. 다른 사람이 나에게 관심을 가져 주고 칭찬을 해 주면 더없이 좋겠지만 그런 사람이 없다면 매일 자기가 자신에게 칭찬을 해 주어야 한다.

김종원 작가의 『말의 서랍』(성안당, 2018)에서는 자신감과 자존감의 차이는 근원 자체가 다르다고 했다. 자신감은 세상이 주는 힘이고, 자존감은 자기 자신이 주는 힘이라고 했다. 자존감은 겉으로 드러나지 않는 내면이기 때문에 내가 관심을 가지고 집중할 수 있는 질문을 찾아서 자신에게 반복적으로 들려주라고 했다.

자존감이 높은 사람들은 남 앞에서 주눅 들거나 위축되지 않는다. 자신을 의심하지 않고 전적으로 신뢰한다. 자존감이 낮다고 느껴진다면 내가 원하는 것이 무엇인지 내면을 들여다보는 노력이 필요하다. 자존감은 노력하면 충분히 높아질 수 있다.

3년 전쯤 책을 출간하고 문화센터에서 저자 강연을 하게 되었다. 그날 강연은 만족스럽게 끝났다. 강연을 마치고 돌아오는 길에 큰 소리로 나에게 칭찬을 해 주었다.

"은영아! 오늘 정말 잘했어!"

"오늘 너무 멋있었어!"

"나는 네가 잘할 거라고 믿었어."

"정말 자랑스럽다, 강은영."이라고 반복적으로 칭찬해 주면서 두 팔로 나를 꼭 안아 주었다. 이렇게 나에게 '셀프 칭찬'을 해 주고 안아 주면서 조금씩 지하 땅굴 안에 살던 자존감이 밖으로 나오기 시작했다. 그 이후로 사람들 앞에서 발표하는 일이 편해지기 시작했다. 나를 사랑해 주고 믿어 주는 절대적인 존재가 '나'라는 사실이 좋았다. 자존감이 회복되고 높아지니 자신감은 덤으로 따라왔다.

자존감을 높이기 위해서는 먼저 나를 알아야 한다. 나를 알아야 나를 사랑할 수가 있다. 수시로 나에게 '셀프 토크', '셀프 칭찬'을 해 주면서 말을 걸어 보자. 오늘은 무엇 때문에 힘들고 외로웠는지 내면의 목소리에 귀 기울여 보자. 잘한 일이 있으면 격하게 칭찬해 주고 사랑스럽게 자신의 이름을 불러 주자. "은영아, 정말 잘했어. 넌 정말 최고야."라고. 처음엔 손발이 오글거릴지도 모른다. 하지만 계속 연습하다 보면 편하게 나와 마주할 수 있다. 이것이 나를 있는 그대로 사랑하고 자존감을 높이는 최고의 방법이다. 타인이 아닌 자신의 칭찬만이 자존감을 튼튼하게 만들어 줄 수 있다는 사실을 잊지 말자.

5. 매사에 감사하기

매사에 감사하면 행복해진다. 당연한 말이지만 우리가 잊고 지내는 경우가 많다. 실제로 감사하는 마음을 가지면 우리 뇌도 변하고 삶이 변한다는 사실을 국내 대학병원에서 의학적으로 증명을 한 바 있다. 실험 참가자에게 어머니에 관한 좋은 기억을 떠올리게 했더니 심장 박동이 안정적으로 변했고 표정이 편안해졌다. 반면에 나를 화나게 하고 기분 나쁘게 했던 기억을 떠올리게 하면서 원망과 미움의 메시지를 주자, 표정이 굳어지고 심장 박동이 빨라졌다. 감사하거나 원망할 때 표정만 달라지는 것이 아니었다. 즐거움을 관장하는 뇌 부위가 활성화돼서 더 행복감을 느끼게 되었다. 이처럼 상황에 따라 뇌는 변한다.

"세상에서 가장 강한 사람은 자기를 이기는 사람이고, 가장 부유한 사람은 만족할 줄 아는 사람이며, 가장 지혜로운 사람은 배우는 사람이고, 가장 행복한 사람은 감사하며 사는 사람이다."라고 탈무드에 나오는 구절처럼 '지금, 현재'에 감사하며 사는 사람이 진정 행복한 사람이 아닐까. 매주 수업을 시작하기 전에 수강생들과 감사 스피치로 워밍업을 한다. 일주일을 돌아보는 시간이다.

"전 하루 동안 감사하고 행복한 일이 없었어요."라고 말하는 사람들이 많았다. 생각보다 감사하며 사는 사람들이 많지 않았다. 정말 하루 종일 감사한 일들이 없었을까? 아마도 작은 감사보다 큰 감사가 행복이라고 정의를 내리며 살았을 것이다. 소소하고 작은 감사는 깊이 의미를 두지 않으면 잘 보이지 않는다. 왜냐하면 소소한 감사들을 당연하게 받아들이며 살았기 때문이다.

『감사하면 달라지는 것들』(제니스 캐플런, 위너스북, 2016)에서 아침에 일어나면 살아 있다는 것이, 숨을 쉬고 생각을 하고 사랑할 수 있다는 것이 얼마나 귀중한 특권인지 생각해 보라고 했다.

아침에 건강하게 눈뜨며 하루를 살 수 있는 것만으로도 감사한 일인데 사람들은 그것을 당연한 일로 받아들인다. 나는 매일 아침에 눈을 뜨면 "하루라는 선물을 주셔서 감사합니다."라고 말한다. 똑같은 하루를 부여받고 그것을 당연하게 생각하며 사는 사람과 소중히 아끼면서 사는 사람의 행복지수는 차이가 난다. 요즘은 자다가도 조용히 숨을 거두는 사람들의 이야기를 종종 듣는다. 우리가 아침에 건강하게 눈을 뜨고 살 수 있는 것이 얼마나 감사한 일인가.

　감사를 찾는 것도 연습이다. 사람들이 행복하지 않다고 생각하는 이유는 온종일 부정적인 생각을 반복 재생하기 때문이다. 예를 들어 아침에 출근 시간이 늦어서 급하게 뛰어가다가 넘어졌다. 아침부터 재수가 없다고 인상을 쓰면서 가면, 길가에 예쁘게 핀 꽃을 보더라도 부정적인 사람은 꽃이 예쁘게 피건 말건 재수 없게 넘어진 생각만 재생한다.

　지각해서 회사 상사에게 혼이 나면 "아침에 재수 없게 넘어져서 그래."라고 또 한 번 재생하고, 퇴근할 때 버스를 놓치면 "아침에 재수 없게 넘어졌더니 하루 종일 되는 일이 없네."라고 온종일 넘어진 것만 생각하며 화를 낸다. 하지만 같은 상황을 두고 감사한 삶을 사는 사람은 넘어져도 "뼈가 부러지지 않아서 다행이야. 정말 감사하다."라고 생각한다. 좋지 않은 상황을 감사의 관점으로 바꿔 버리고, 좋은 감정만 머릿속에 반복 재생한다.

　감사를 재생하는 사람은 행복하다. 감사한 생각을 하면 행복이 내 안에 있다는 생각이 들 것이다. 멀리서 행복을 찾지 말자. 근본적으로 행복과 불행은 크기가 정해져 있지 않다. 다만 그것을 받아들이는 내 마음에 따라서 커지기도 하고 작아지기도 한다. 행복한 일은 우리 가까이에 매일 놓여 있다. 그것을 주워 담기만 하면 된다. 행복하게 살고 싶다면 소소한 일들을 놓치지 말고 감사하며 살았으면 좋겠다.

발표불안이 있다면 먼저 감사한 일을 떠올려 보자. 감사한 마음을 가지는 순간 마음의 여유와 평온함이 생긴다. 여유와 평온함 속에서 우리는 편안하게 발표할 수 있다.

수강생들은 감사 스피치 발표 때문에 감사한 일들을 찾게 된다고 했다. 수강생들의 감사 이야기를 들으면 행복해진다. 감사는 전염성이 강해서 빠르게 전파된다. 즉 감사는 한곳에 머무르지 않고 기적을 만들어 내기도 한다.

스피치를 배우러 왔다가 인생을 배운다는 분들이 많았다. 그동안 감사하며 살지 못한 자신을 성찰하게 되었다고 한다. 감사할 것이 하나도 없다고 고민했던 분들이 지금은 감사한 것들이 많아서 고민을 한다. 발표할 때 '떨리면 어떡하지.' 라는 생각보다 어떤 감사한 일을 발표할지만 생각한다. 감사할 일들을 찾다 보면 불안한 생각이 아닌 행복한 생각을 하게 된다. 감사를 통해 나는 행복한 사람이라는 것을 깨닫게 될 것이다. 감사와 소소한 행복은 바로 이런 것이다.

발표불안에서 벗어나고 싶다면 감사하는 마음을 가져야 한다. 감정은 행동에 영향을 받기 때문이다. 감사를 실천하다 보면 저절로 자존감이 높아지고, 자존감이 높아지면 발표할 때 당당하게 말할 수 있다. 모든 것들이 연장선 안에 있다.

내가 감사하며 살기 시작한 것은 둘째 아이가 아프기 시작했을 때부터였다. 그전에는 감사라는 것을 모르고 살았다. 남편이 돈을 많이 벌어 와야 감사했고 물질적인 선물을 받아야 감사했다. 소소한 감사들은 감사로 취급하지도 않았다. 그런 나에게 가르침을 주기 위해서일까.

아이가 병원에 오랜 시간 입원하면서 평범하게 살았던 일상이 그리워졌고 그 일상이 얼마나 감사한지 알게 되었다. 더 감사한 것은 아이가 내 곁에서 숨을 쉬며 살고 있다는 점이었다. 건강하면 좋겠지만 그렇지 않더라도 아이의 존재에 감사했다. 아이와 휠체어를 끌고 공원을 산책할 때면 자연이 주는 만물에 감사했다. 소소한 감사들로 인해 점점 행복이 내 안에 채워졌다. 감사는 몸으로, 심장으로, 정신으로 온전히 내려받을 때 행복해진다.

『시크릿』의 저자인 론다 번(Rhonda Byrne)은 "감사하기는 에너지를 전환하고 원하는 것이 많이 이루어지도록 하는 강력한 도구이다. 이미 있는 것들에 감사하면, 좋은 것들이 더 많아질 것이다."라고 말했다. 인생을 행복하게 하고, 원하는 대로 이루어지게 해주는 비밀은 바로 감사다. 감사라는 강력한 도구를 사용해서 당당하게 발표하는 사람이 됐으면 좋겠다. 감사를 실천하면 '자살'이 '살자'가 되고 'No'가 'On'이 되고 '내 힘들다.'가 '다들 힘내.'가 된다. 부디 힘을 내길 바란다. 발표불안은 반드시 극복된다.

6. 불안을 긍정적으로 바라보자

"떨리면 어떡하지!"

"실수하면 어떡하지!"

"중간에 잊어버리면 어떡하지!"

발표하기 진에 한 번쯤 이런 생각을 해 본 적이 있을 것이다. 나도 한때, 발표하기 전에 미리 걱정하고 두려워한 적이 있었다.

4년 전에 한 달에 두 번 천안에서 독서 모임을 했다. 독서 모임은 친한 작가들과 책을 읽고 토론하는 시간이자 방전된 에너지를 100% 충전해 주는 힐링 시간이었다. 모임은 카페에서 편안하게 앉아서 말을 했기 때문에 긴장되거나 불안하지 않았다. 웃고 이야기하다 보면 2시간이 어떻게 지나갔는지 모를 정도로 재미있었다. 책을 함께 읽어서 좋았고 친한 작가들을 만나서 행복했다. 그런데 그 행복도 잠시. 모임 리더가 독서 토론 방식을 강연 형식으로 바꿔 보는 것이 어떠냐고 제의를 했다. 작가들이기 때문에 강연을 하게 될 수도 있으니 독서 모임을 통해서 훈련해 보자는 것이었다. 발표불안증이 있어서 썩 내키지는 않았지만 새로운 도전이라 생각하고 받아들였다. 만장일치로 긍정적으로 결정이 났고 첫 스타트는 내가 먼저 끊기로 했다.

그런데 발표를 준비하는 2주 동안 심한 불안증에 시달렸다. 발표 날짜도 한참 멀었는데 발표 생각만 하면 심장이 뛰었다. 발표해야 된다는 생각만 했을 뿐인데 심장이 터질 것만 같았다. 심장을 잠재우기 위해서 "넌 떨지 않고 잘할 수 있어!"라고 계속 말해 줬지만 심장은 좀처럼 말을 듣지 않았다. 오히려 더 심하게 요동쳤다.

괜히 먼저 하겠다고 했나 후회스러웠다. 부정적인 생각이 꼬리에 꼬리를 물고 늘어졌다. '어떤 내용으로 발표를 할까.' 라는 생각보다 '어떻게 하면 떨지 않고 자신 있게 말을 할까.' 라고 생각하는 시간이 더 많았다. 부정적인 생각들이 나를 더 두렵게 만든다는 것을 그때는 인식하지 못했다.

15분 발표를 위해서 매일 입이 닳도록 연습을 했다. 내가 할 수 있는 건 연습밖에 없었다. 열심히 준비했지만 부정적인 의심에 휩

싸여 자신감이 떨어졌다.

　"실수하면 어떡하지?"
　"잘해야 되는데……."
　"말하다가 까먹으면 어떡하지?"

　실수하지 않고 완벽하게 잘하고 싶었다. 분명 사람들이 나를 평가할 것이라고 생각했다. 나를 어떻게 평가할지 생각만 해도 가슴이 답답해졌다. 어쩔 수 없이 내 발길은 약국으로 향했다.

　"우황청심환 한 병 주세요."

　우황청심환을 먹으면 1시간 후에 효과가 나타난다. 약 때문인지 발표는 크게 떨지 않고 무사히 끝마칠 수 있었다. 사람들이 칭찬할 때마다 마음이 무거웠다. 이렇게까지 하면서 발표를 해야 하는지 자괴감마저 들기 시작했다. 항상 밝고 활발한 내가 발표불안이 있다는 것을 아무도 알지 못했다. 무덤까지 가지고 가고 싶은 비밀이었다. 잘했다고 칭찬을 받아도 마음이 찜찜했다. 약 먹고 하지 말걸……. 후회스러웠다. 우황청심환을 먹지 않고 발표했다면 성공 경험을 쌓을 수 있었다. 나는 또 기회를 놓치고 말았다.

불안만 없으면 행복할 것이라고 생각했다. 불안은 모두 나쁜 것이고 나를 괴롭히는 무서운 괴물이라고 생각했다. 내 안에 불안이라는 놈이 나를 괴롭힐 때마다 소리를 지르며 욕을 한 적도 있었다.

"너 빨리 안 나가! 이 나쁜 놈아!"

"너 왜 자꾸 나를 괴롭히는 거야! 빨리 나가!!"

누가 보면 미쳤다고 생각했을 것이다. 욕을 했던 생각만 하면 웃음이 나온다.

발표불안을 극복하기 위해서 불안에 대해 공부하기 시작했다. 불안은 우리가 살아가는 데 중요한 감정이라는 것을 알게 되었다. 대부분 사람들은 행복하고 기쁜 감정만 중요하게 생각한다. 불안과 긴장은 나쁜 감정이라고 생각한다. 만약 불안이라는 감정이 없다면 위험한 상황이 왔을 때 무덤덤하게 대처하게 될 것이다. 예를 들어 골목길을 가다가 칼을 든 강도를 만났다고 해 보자. 불안한 감정을 느끼지 못한다면 상상만 해도 끔찍한 일이 벌어질 것이다. 이뿐만 아니라 중요한 면접이나 시험이 있을 때 아무런 불안감과 긴장이 없다면 어떤 상황이 벌어질까? 아마 준비도 하지 않고 대충 시험을 보게 될 것이다. 이처럼 불안과 긴장은 위험 상태를 미리 알려 주는 신호이며 중요한 시험을 준비하라는 격려이기도 하다.

'불안이 나에게 준비 신호를 보내 주는구나.' 라고 긍정적으로 생각해야 한다. 신은 우리에게 쓸모없는 감정을 만들어 주지 않으셨다. 불안이 삶의 한 부분이라고 받아들이자. '불안한 것이 당연한 거구나.' 라고 인정하는 태도가 변화의 시작이다.

수많은 명사(名士)들이나 스피치 전문가들도 발표할 때 긴장하고 떨린다고 한다. 하지만 그들이 일반 사람들과 다른 점은 불안한 감정을 긍정적으로 조절하고 통제할 수 있다는 것이다. 어떻게 하면 긴장과 떨림을 편안하게 잠재울 수 있는지 그들은 알고 있다. 내 생각이 나를 불안하게 만든다는 것을 알기만 해도 우리는 발표 불안에서 쉽게 벗어날 수가 있다. 불안은 우리의 주관적인 생각과 상상이 만들어 낸 보이지 않는 허상이다. 보이지 않기 때문에 더 무섭고 공포스러울 수 있지만, 그것을 어떤 마음으로 바라보고 상상하냐에 따라서 불안강도가 달라진다.

원효대사는 내가 어떤 마음이냐에 따라 그 마음이 불안이 되기도 하고 편안함이 되기도 한다는 것을, 해골바가지 안의 물을 마시고 나서 깨달았다. 어느 날 원효대사가 밤길을 걷다가 비가 와서 동굴에 들어갔다. 그곳에는 물이 담겨 있는 바가지 하나가 있었다. 원효대사는 그 물을 시원하고 맛있게 마셨다. 그런데 아침에 보니 자신이 마신 바가지가 해골이었다는 것을 알게 되었다. 그는 바가지가 해골인 줄도 모르고 맛있게 물을 마셨다는 생각에 구역질을 하기 시작했다. 아침에 해골을 발견하지 않았더라면 원효대사는 동굴 안에서 먹었던 '꿀 같은 물맛'을 평생 잊지 못했을 것이다.

이처럼 모든 일은 마음먹기에 달렸다. 마찬가지로 발표를 부정적으로만 생각한다면 발표는 평생 우리에게 두렵고 무서운 것이 된다. 내 마음의 핸들은 내가 잡고 있다. 어느 쪽으로 핸들을 돌리냐에 따라 결과는 달라진다. 자신과의 힘든 싸움이 될 수도 있지만, 조금만 생각을 틀면 어렵지 않다. 이 싸움에서 승리하고 싶다면 '할 수 없다.'는 믿음보다 '할 수 있다.'는 믿음의 무기를 가져야 한다. 믿음이 확신이 됐을 때 신념이 된다. 신념은 마음속 불안 경고 신호를 꺼지게 하고, 안전 신호가 켜지도록 해 준다. 지금 빨간 경고등이 들어왔다면 당황하지 말고 "나는 한다면 하는 사람이다!"라고 크게 외쳐보자.

7. 자기암시를 하라

내가 발표불안을 극복했던 방법 중의 하나는 자기암시였다. 자기암시는 스스로에게 생각이나 의도를 주입하는 것을 말한다. 나는 내 의지보다 무의식이 강력한 힘을 가지고 있다는 것을 에밀 쿠에의 『자기암시』(하늘아래, 2020)를 읽고 나서 알게 되었다.

에밀쿠에의 방법은 아주 간단했다. 상상하면 그대로 현실이 된다는 것이다. 의심 없이 상상하는 것이 말처럼 쉬운 일은 아니다. 왜냐하면 의식의 저항을 이겨 내는 것이 힘들기 때문이다.

하버드대학교 제럴드 잘트만(Gerald Zaltman) 교수는 인간은 5%의 의식과 95%의 무의식적 본능에 따라 삶을 살아간다고 말했다. 흔히 이를 빙산에 비유하는데 물 위에 보이는 부분이 의식이고 눈에 보이지 않는 물밑의 거대한 부분이 무의식이라고 생각하면 된다. 불안은 의식보다는 무의식에서 나오는 경우가 많다. 발표불안이 있는 사람들은 발표 직전에 "나는 할 수 있어.", "난 성공할 거야."라는 말보다 "실수하면 어떡하지.", "못하면 어떡하지."라는 생각을 한다. 부정적인 의식은 우리를 좋은 방향으로 가도록 내버려 두지 않는다.

우리의 뇌는 진짜와 가짜를 구별하지 못하기 때문에 부정적인 말을 그대로 받아 현실로 보여 준다. 그래서 우리는 긍정적인 자기암시를 통해서 무의식을 길들여야 한다. 무의식이 온순해지면 모든 것이 좋은 방향으로 흘러갈 것이다.

3년 전 9월에, 긍정적인 자기암시의 힘이 얼마나 대단한지 방송 출연을 하면서 더 확실하게 알게 되었다. 발표불안 때문에 약을 먹어야만 발표를 했던 내가 KBS 대구 아침마당에 출연한 적이 있었다. 사람들 앞에서 발표를 하고 강연을 하는 것과는 다르다. 몇 배 더 긴장되고 떨리는 상황이다. 그런데 이상하게 방송 전날까지도 불안하지 않고 마음이 편했다. 녹화 당일 방송국 세트장에서 리허설을 하면서도 약간의 긴장은 있었지만 불안한 느낌은 아니었다. 방송이 끝나고 많은 분들이 잘했다고 칭찬을 해 주셨다.

내가 어떻게 카메라 앞에서 떨지 않고 웃으면서 방송을 할 수 있었을까?

사실, 이 모든 것은 자기암시 덕분이었다. 방송 전날부터 "나는 할 수 있다.", "나는 편안하게 말할 수 있다!"라고 확고한 믿음이 생길 때까지 반복적으로 자기암시를 했다. 긍정적인 생각만 했을 뿐인데 마음속에 어떤 불안감도 일어나지 않았다. 내가 어떤 생각을 반복적으로 하느냐에 따라 신체 반응도 달라진다. 지금 당신이 발표불안으로 힘든 시간을 보내고 있다면 나를 의심하는 부정적인 생각과 이별하고 자신을 믿고 신뢰하는 긍정적인 자기암시를 반복적으로 말해야 한다.

로마의 위대한 철학자 마르쿠스 아우렐리우스(Marcus Aurelius)는 "자신이 생각하기에 따라 인생이 달라진다."라고 말했다. 내가 어떤 생각을 하느냐에 따라 불안이 될 수 있고 설렘이 될 수 있다. 이처럼 부정적인 불안을 긍정적인 설렘으로 바꾸는 순간 당신은 분명 남들 앞에서 당당하게 말할 수 있을 것이다.

자기암시가 요술을 부려 모든 것들을 해결해 준다는 것이 아니다. 자기암시의 힘으로 무의식을 길들여 두려운 생각들이 우리 삶을 지배하지 못하도록 하기 위함이다. 자기암시가 엄청난 효과를 줄 것이라고 믿어야 한다. 중요한 것은 자기 자신 속에 숨겨진 힘을 의심 없이 믿어야 한다는 점이다. 그렇게 되면 의식하지 않아도 저절로 행동하게 될 것이다. 자기암시는 잠재의식에 영향을 주는 강력한 도구이다.

앞서 언급한 프랑스의 심리치료사이자 약사인 '에밀 쿠에'에게 있었던 일이다.

어느 날, 약국에 남자 손님 한 사람이 들어왔다. 우리나라로 치자면 "게보린 하나 주세요."라고 약의 이름을 외치며 에밀 쿠에에게 약을 주문했다. 그런데 에밀 쿠에가 가만히 보니까 손님이 주문한 약은 손님의 증상에 별 효과가 없어 보였고 오히려 부작용이 더 클 것 같았다.

"손님, 죄송합니다만 이 약은 손님 증상과는 무관한 약입니다."

친절하게 설명했지만, 손님은 막무가내였다.

"내 증상은 내가 잘 압니다. 그냥 달라는 대로 주세요!"

에밀 쿠에는 어쩔 수 없이 약을 건네주었다.

며칠 후, 에밀 쿠에는 동네에서 그 남자 손님을 다시 만났다. 손님은 에밀 쿠에한테 당당하게 걸어와 이렇게 말했다.

"거봐요. 내 말이 맞잖아요. 그 약 먹고 이렇게 다 나았잖아요!"

에밀 쿠에는 그 순간 실제 약의 효과보다 '환자가 어떤 생각으로 약을 복용하는가.' 하는 문제가 병을 낫게 하는 데 더 큰 효과가 있다는 사실을 깨닫게 되었다.

이것이 우리가 잘 알고 있는 '플라세보 효과(placebo effect)' 이다. 환자의 생각과 믿음대로, 효과 없는 약이 진짜 약과 같은 효과를 나타낸 것이다.

그는 상상과 의지가 맞서면 반드시 상상이 의지를 이긴다고 말했다. 그래서 그는 매일 "나는 날마다 모든 면에서 점점 더 좋아지고 있다!"라고 자기암시를 하라고 했다. 나는 매일 아침 눈을 뜨거나 잠자리에 들기 전에 자기암시 문장을 수십 번 말한다. 말을 하고 나면 실제로 내가 원하는 일이 이루어질 것 같은 믿음과 확신이 든다. 발표불안을 극복하고 싶다면 점점 좋아지고 있는 자신의 모습을 상상 하면서 매일 이 문장을 반복해서 외쳐 보자. 발표불안뿐 아니라 나의 삶이 모든 면에서 좋아질 것이다.

8. 스토리에 집중하라

지난 주말 가족과 함께 놀이공원에 갔다. 놀이 기구를 탈 생각에 아이들은 가기 전부터 들떠 있었다. 나는 안전 불감증 때문인지 놀이 기구 타는 것을 좋아하지 않는다. 그래서 남편이 아이들을 데리고 놀이 기구를 탔다. 아이들은 놀이 기구를 타는 것보다 '귀신의 집'을 더 좋아했다. 아들은 귀신의 집이 무섭지 않다며 자신만만하게 들어가더니 5분도 안 돼서 밖으로 뛰쳐나왔다.

"왜 이렇게 빨리 나왔어?"

"너무 깜깜하고 귀신 목소리가 너무 무서웠어요."

아이는 소리만 듣고 귀신의 이미지를 연상했다. 나도 어릴 때 귀신, 유령, 강시 등이 무서워서 이불을 뒤집어썼던 기억이 난다. 어른이 돼서 그 실체가 진짜가 아니라는 사실을 알고 나서는 이불을 뒤집어쓰지 않는다.

발표불안도 마찬가지다. 마음속으로 두렵다고 생각하기 때문에 불안한 것이다. 보이지 않는 귀신이나 보이지 않는 발표불안이나 다를 게 없다. 두렵다는 마음을 어떻게 하면 바꿀 수 있을까? 방법은 간단하다. 두려움에 집중하는 것이 아니라 스토리(내용)에 집중하면 된다. 대부분 발표할 때 자신이 전달하려는 내용보다 청중이 자신을 어떻게 생각할지 더 집중한다. 청중은 내가 긴장하고 있는 것에는 관심이 없고 잘 눈치채지도 못한다. 오로지 내가 어떤 스토리를 이야기할지에만 관심이 있다.

스피치 수업 시간에 수강생들이 발표를 하고 나면 똑같이 하는 말이 있다.

"너무 떨렸어요."

아무도 눈치채지 못할 만큼 편안하게 발표를 했는데도 떨려서 죽을 뻔했다고 한다. 발표하는 내내 스토리에 집중하지 않고 자신의 심장에 집중했기 때문이다. 두렵다고 생각하면 더 두렵고 불안해진다. 문제에 신경 쓰고 집중할수록 악순환에서 벗어나지 못한다. 발표불안뿐 아니라 인생에서도 우리는 이를 경험해 봤을 것이다.

우리가 카드빚을 갚으려고 애를 쓰면 어떻게 될까? 희한하게 카드빚은 줄지 않고 더 늘어만 간다. 반대로 부자가 되려고 애를 쓰면 어떻게 될까? 부자가 된다.

이처럼 부정적인 두려움에 집중하지 말아야 한다. 전달하려는 스토리에 집중하다 보면 나도 모르게 열정이 생길 것이다. 두려움이 열정에 밀려 불안이 조금씩 작아질 것이다. 왜냐하면 두 마음은 한 집에서 같이 살 수 없고 동시에 느낄 수 없다. 열정이 커지면 두려움이 작아지고 두려움이 커지면 열정이 작아진다. 자꾸 없애려고 하지 말고 뭔가 열정적으로 이루려고 노력해야 한다.

내가 열정을 갖고 이야기를 하면 청중의 반응이 달라진다. 내 이야기에 고개를 끄덕이며 공감해 주는 수용적인 청중이 있으면 말하고 싶은 용기가 생긴다. '내가 잘하고 있구나', '내 이야기가 재밌구나' 라는 생각이 든다. 반대로 청중이 내 말을 듣지 않고 핸드폰만 보거나 하품을 하면 스토리에 집중하지 못하고 청중의 작은 행동에 예민하게 반응하게 된다.

"내 얘기가 재미없나?"
"내가 말을 지루하게 하나?"
"내가 말을 못하나?"

이런 부정적인 생각이 발표하는 내내 머릿속에서 떠나지 않는다. 점점 머릿속은 백지가 되고 불안해지는 악순환이 반복된다. 이럴 때 우리는 내가 하고 싶은 이야기보다 청중이 듣고 싶어 하는 이야기를 해야 한다. 그래야 청중의 눈이 반짝거린다. 딱딱한 정보 전달이 아니라 가슴을 뜨겁게 만드는 스토리로 말을 해야 한다. 그래야 청중과 라포가 형성된다. 라포란 청중과 공감대를 형성해서 친밀한 신뢰 관계를 만드는 것을 말한다. 청중의 공감을 이끌어 낼 수 있는 스토리로는 자신의 경험담, 실패하고 성공했던 삶의 이야기, 감명받았던 일들이 있다. 단순하고 딱딱하게 말하는 것보다 재미있고 맛깔나게 이야기하는 것이 중요하다. "저는 발표불안 환자였어요. 그런데 지금은 강사가 되었습니다."라고 말했을 때보다 발표불안 때문에 실수했던 에피소드나 작은 성공의 경험들을 실감나게 이야기한다면 청중의 공감을 이끌어 낼 수 있다. 공감은 듣는 사람도 비슷한 경험이 있기 때문에 생기는 것이다. 우리는 청중이 내 이야기를 공감해 줄 때 마음이 편해진다.

수강생 K 씨는 발표불안이 심했다. 말을 할 때마다 목소리가 심하게 떨려서 듣는 나까지 긴장이 될 정도였다. K 씨는 발표할 때 자신이 무슨 말을 했는지도 모른다고 했다. 이유는 스토리 전달보다 떨고 있는 자신에게 집중했기 때문이다. K 씨에게 '내가 살면서 가장 행복했던 순간'이라는 주제를 주고 발표 동영상을 보내 달라고 했다. 혼자서 영상을 찍을 때는 전혀 떨지 않았다. 그런데 장소와 사람들만 바뀌면 긴장하고 떨었다.

K 씨가 가장 행복했던 순간은 아침에 남편이 볼에 뽀뽀를 해 주면서 깨우는 순간이라고 했다. 그 이야기를 할 때 K 씨의 표정은 너무나 행복해 보였다. 나는 K 씨에게 남편이 볼에 뽀뽀하는 행복한 순간을 머릿속에 그려 보라고 했다. 절대 불안이 들어오지 못하

도록, 행복한 상상을 하도록 코칭해 주었다. 연습을 한 뒤 다른 수강생들 앞에서 발표를 했다. 조금 긴장은 했지만 목소리 떨림은 줄어들었다. 무엇보다 강력한 자신감이 느껴졌다. K 씨는 이날 작은 성공의 경험을 맛보았다. 이렇듯 내가 어떤 생각을 하면서 말하느냐에 따라 불안감이 달라진다.

발표할 때 떨리고 긴장이 된다면 스토리에 집중해 보자. 머릿속으로 생생하게 그려 보는 훈련을 반복한다면 당신은 분명 사람들 앞에서 당당하게 말할 수 있을 것이다.

9. 호흡하고 낭독하라

"선생님, 저는 발표할 때 말이 빨라져요."
"어떻게 하면 천천히 말할 수 있을까요?"

수강생 J씨가 발표를 마치고 말을 빨리하는 것 같다며 걱정스럽게 이야기를 했다. 말을 빨리하는 이유는 호흡이 짧기 때문이다. 호흡이 짧으면 폐활량이 적어지고 말의 체력이 약해진다. 약하고 짧은 호흡으로 말을 하면 금방 숨이 찬다. 숨이 차면 불안해지고 긴장하게 된다.

스피치 4주 차 수업에는 호흡, 발성, 발음을 훈련하는 보이스 트레이닝을 한다. 발표불안 극복을 위해서 보이스 트레이닝을 하는 이유가 있다. 발표불안이 있는 사람들은 대부분 말을 할 때 목소리가 작고 힘이 없다. 호흡도 짧아서 말이 빠르다. 말이 빨라지면 웅얼거리는 소리를 낸다. 발표자의 말이 제대로 들리지 않으면 청중은 알아들을 수 없고 집중할 수가 없다.

어떻게 하면 긴장하지 않고 편안하게 호흡하면서 말을 잘 할 수 있을까?

호흡을 길게 하는 연습을 해야 된다. 호흡이 길어지면 발성이 쉬워지고 발음을 정확하게 할 수 있다. 먼저 호흡을 할 때는 코로 숨을 깊게 들이마시고 입으로 길게 내뱉는 연습을 해야 한다. 이것을 복식 호흡이라고 한다. 복식 호흡만 잘해도 호흡이 편해진다. 내가 처음 스피치를 배울 때 호흡이 짧아서 발표하다가 숨이 넘어갈 뻔했다. 그래서 빨리 발표를 끝내고 싶었다.

호흡을 길게 하려면 폐활량이 좋아야 한다. 폐에 공기를 가득 담고 입 밖으로 소리 내야 한다. 호흡이 길면 문장을 끊김 없이 편안하게 말할 수 있다. 폐활량을 좋게 하기 위해서 장소에 구애받지 않고 쉽게 하는 방법이 있다. 바로 '숨 참기'이다. 남자는 65초 이상, 여자는 45초 이상 숨을 참는 연습을 해 보자. 풍선을 불어 보면

한 번에 숨을 들이마실 때 폐 안에 얼마만큼 숨이 가득 담겼는지 내 숨의 양을 알 수 있다. 숨을 끊지 않고 들이마신 '한 호흡'으로 풍선에 숨을 담아 보자. 부푼 풍선의 크기가 나의 한 호흡이다. 매일 풍선을 불면서 한 호흡의 양을 늘리게 되면 호흡이 길어진다. 평소에 책을 읽을 때도 한 호흡으로 읽어 보자. 처음에는 한 문장을 읽다가 두 문장, 세 문장을 읽다 보면 어느 순간 한 호흡량이 많아지는 시점이 온다.

호흡을 훈련하고 나면 발성 훈련도 해야 한다. 숨을 들이마셨다가 내뱉을 때 숨에 소리를 입혀 밖으로 내뱉는 연습을 해야 한다. 우리는 들숨에 말을 할 수가 없다. 날숨과 함께 소리를 내기 때문에 숨을 깊게 들이마신 후 숨을 천천히 내뱉으면서 소리를 내는 연습을 해야 한다. "아~~" 하고 오랫동안 소리를 길게 내 보자. 목소리가 한결 좋아지는 것을 느낄 수 있을 것이다. 호흡은 연습하면 할수록 반드시 좋아진다.

발표불안이 있는 사람들 중에서 목소리가 크고 우렁찬 사람이 드물다. 자신감이 없어서 소리를 크게 내는 것을 부담스러워한다. 불안에서 벗어나고 싶다면 목소리를 크게 내야 한다.

목소리가 작아서 고민인 수강생분이 있었다. 소리를 크게 내 보라고 하면 "저는 목소리가 원래 작아요."라고 말한다. 훈련을 시작하기도 전에 힘 빠지는 소리를 한다. 우리는 엄마 배 속에서 태어날 때 지붕이 떠나가라 '응애응애' 하며 목청 터지듯 울었던 사람이다. 노력을 하지 않아서 그렇지 충분히 소리를 낼 수 있는 사람들이다. 두려움을 없애는 최고의 방법은 큰 소리를 내는 것이다. 우리는 놀이동산에서 롤러코스터나 바이킹을 탈 때 큰 소리로 비명을 지른다. 크게 소리를 내면 덜 무섭기 때문이다. 발표불안도 마찬가지다. 놀이 기구에서 소리를 질렀던 것처럼 발표할 때도 큰 소리로 말을 하면 두려움이 줄어든다.

그동안 우리가 큰 소리를 내지 못하고 산 이유는 어릴 때부터 '침묵은 금이다.'라는 이야기를 듣고 자랐기 때문이다. 크게 말을 하면 점잖지 않다는 이야기를 듣고 자랐다. 환경적인 요인과 내부적인 심리 요인으로 우리 목소리는 점점 작아진 것뿐이다. 크고 힘 있는 목소리로 편안하게 말을 하고 싶다면 꾸준히 연습해야 한다. 꾸준함이 답이다. 우리가 메이크업을 해서 예쁜 얼굴로 변하듯이 목소리에도 메이크업을 해서 좋은 목소리로 변할 수 있다. 타고난 유전적인 목소리를 바꾸진 못해도 메이크업 도구인 호흡, 발성, 발음 훈련을 통해서 크고 울림 있는 목소리를 만들 수 있다.

호흡과 발성, 발음 훈련을 마치면 수강생들과 낭독 훈련을 한다. 낭독 훈련은 호흡과 발성 그리고 발음을 한 번에 훈련하는 최고의 방법 중 하나이다. 매일 낭독 훈련을 하면서 힘 있고 풍성하고 전달력 있는 목소리를 만들 길 바란다. 발표불안이 있는 사람들은 그동안 자신의 목소리를 화살처럼 내뱉어 본 적이 없다. 그래서 낭독 훈련을 할 때 많이 어색해한다. 하지만 계속 반복하다 보면 자기 목소리에 익숙해질 것이다.

실전 트레이닝 워크지에 낭독 훈련이 있다. 수업 시간에 수강생들과 하는 훈련이다. 괄호 안 숫자는 목소리 크기를 말한다. 평소 말하는 목소리 크기를 5라고 했을 때 6은 5보다 약간 큰 소리로 낭독을 해야 하고, 숫자가 올라갈수록 목소리 단계가 구분될 수 있게 소리를 내야 한다. 마지막 9는 최대한 낼 수 있는 큰 소리로 낭독하길 바란다. 마지막에 '하하하' 부분을 할 땐 마음을 내려놓고 크게 웃어야 한다.

내려놓을수록 당신의 불안은 내려갈 것이다.

10. 청중을 사랑하라

발표를 할 때 긴장되고 떨리는 이유는 일방적으로 청중에게 말을 하기 때문이다. 청중이 내 말에 집중하고 있는지 아니면 평가를 하고 있는지는 오로지 주관적인 판단이다. 발표불안이 있는 사람들은 긍정적인 생각보다 부정적인 생각을 더 많이 한다.

"저 사람이 날 어떻게 생각할까?"
"내가 떠는 걸 눈치채면 어쩌지?"
"실수하면 어떡하지?"
"잘해야 하는데…."

발표 내용에 집중하기보다 온통 청중의 반응에 신경 쓰느라 온 힘을 쓰고 있다. 청중이 나를 부정적으로 평가할 것이라는 '독심술적 사고'가 발표불안을 일으킨다. 독심술은 상대의 생각이나 감정을 다른 사람의 표정이나 육감으로 알아내는 것을 말한다. 어떻게 하면 청중 앞에서 떨지 않고 발표할 수 있을까.

우선 떨리는 것이 당연하다고 생각해야 청중과 편하게 소통할 수 있다. 잘해야만 나를 사랑해 준다는 생각을 머릿속에서 지워야 한다. 긍정적인 소통만이 불안을 잠재울 수 있다. 긍정적인 소통은 서로 공감하면서 마음을 주고받는 것을 말한다. 긍정적인 소통으로 물꼬를 트게 되면 발표 분위기가 달라진다. 반면, 청중이 관심이 있건 없건 내가 하고 싶은 말만 한다면 그것은 일방적인 소통이 되어 버린다. '일방적인 화살' 같은 말은 청중에게 유쾌한 기분을 전달하지 못한다.

긍정적인 소통을 위해서 우리는 청중과 사랑을 주고받아야 한다. 그래야 사랑이 가득 찬 공간 안에서 편하게 말할 수 있다. 먼저 청중에게 사랑을 받으려고 하기보다 내가 먼저 사랑을 줘야 한다. 아낌없이 주는 사랑은 부메랑처럼 반드시 나에게 돌아오기 때문이다.

발표불안을 극복하기 위해서 수강생들에게 용기를 북돋아 주는 시간이 있다. 발표하기 직전에 청중이 큰 소리로 발표자의 이름을 세 번 불러 준다. 발표자가 앞에 나오면 청중은 발표자의 눈을 쳐다보면서 큰 소리로 응원을 해 준다.

"떨어도 괜찮습니다."
"잘하지 않아도 괜찮습니다."
"부족해도 괜찮습니다."
"○○○님 사랑합니다. 존경합니다.
당신이 정말 잘됐으면 좋겠습니다."

응원 덕분에 발표자는 불안했던 마음이 진정되고 무섭기만 했던 청중이 사랑스럽게 느껴진다. 처음엔 어색하고 부끄럽다. 왜냐하면 한 번도 청중에게 따뜻한 응원과 사랑을 받으면서 발표를 한 적이 없었기 때문이다. 이제 청중은 심사위원도 아니고 구경꾼도 아니다. 이렇게 청중이 발표자를 사랑해 주면, 반대로 청중이 발표자가 됐을 때 부메랑처럼 사랑을 되돌려 받게 된다.

모든 일은 사랑 안에서 이루어져야 성공한다. 미움과 원망, 그리고 의심 속에서는 절대로 긍정적인 결과를 얻을 수 없다.

사랑하는 것이 인생이다.

기쁨이 있는 곳에 사람 사이의 결합이 이루어진다.

사람과 사람 사이의 결합이 있는 곳에 또한 기쁨이 있다.

−괴테−

3년 전 두 번째 책을 출간하고 출간 강연회를 하게 되었다. 대부분 나와 친분이 있는 지인들이 청중이었다. 모르는 사람들 앞에서 발표할 때 떨리는 사람이 있는 반면에 지인들 앞에만 서면 떨리는 사람이 있다. 나는 지인들 앞에서 말을 할 때 더 긴장되고 불안을 느끼는 사람이었다. 아마도 잘해야 한다는 심리적 강박이 불안의 원인이었다.

사람은 누구나 인정받고 칭찬받고 싶은 욕구가 있다. 그것이 과했을 때 불안과 떨림은 화초 자라듯 쑥쑥 자라게 된다. 지인들은 내가 얼마나 잘하는지 평가하러 온 사람들이 아니다. 뭔가 보여 줘야 한다는 생각을 할 필요가 없다. 그들은 나를 응원하러 온 사람들이라고 생각해야 한다.

출간 강연회가 시작되자, 갑자기 심장이 '쿵쾅' 뛰기 시작했다. 예전 같았으면 "왜 이렇게 떨리지?", "떨면 안 되는데!" 이런 생각밖에 나지 않았다. 하지만 이제는 불안을 컨트롤할 수 있는 마음의 여유가 생겨 한결 편안하게 발표하게 되었다.

"심장이 엄청 빨리 뛰고 있네!"
"너, 잘하고 싶구나!"
"잘하지 않아도 괜찮아! 여기 온 사람들은 너를 사랑하는
사람들이야."
"네가 어떤 실수를 해도 이 사람들은 너를 사랑하고
응원해 줄 거야."

이렇게 관찰자 입장에서 나를 바라보면서 용기의 말을 해 주었다. 얼마 되지 않아 점점 심장의 강도가 약해지는 것을 알아차렸다. 이때 나는 생각 하나로 심장을 잠재울 수 있다는 것을 확실히 알게 되었다. 발표하기 전에 심장이 튀어나올 것처럼 두근거린다면 눈을 감고 심장 소리에 집중해 보자. 그리고 잘하지 않아도 괜찮다고 말해 주자. 청중은 나를 평가하러 온 사람들이 아니라 나를

응원하고 사랑해 주는 사람들이라고 말을 해 보자. 최고의 효과를 얻을 수 있는 자기암시 방법이다.

누구나 발표불안을 가지고 있다. 심지어 연예인들도 무대에 오르기 전에 심장이 두근거리고 긴장한다. 발표불안이 있는 사람들과 이들이 다른 점은 불안을 불안 자체로 받아들이지 않고 그것을 즐기면서 조절할 줄 안다는 것이다. 앞에서 말했던 것처럼 불안은 부정적인 걱정 때문에 생긴다. 어떤 생각을 가지고 청중을 바라보냐에 따라 발표 성과가 달라진다. 청중을 내 편이라고 생각하고 그들을 사랑해 보자. 청중과 이어지는 끈끈한 사랑이 불안을 잠재워 줄 것이다.

11. 떨림을 설렘으로 바꿔라

사람들은 내가 스피치 강사라서 하나도 떨리지 않을 것이라고 생각한다. 하지만 나도 중요한 자리에서 떨리는 건 마찬가지다. 명사들이나 무대에 오르는 연예인들도 무대에 오르기 전에 긴장한다. 그런 모습을 본다면 누구나 긴장한다는 것을 알 수 있을 것이다.

이전의 나와 지금의 내가 달라진 점은 불안을 즉각 인지하고 그

것을 두려워하기보다는 즐긴다는 것이다. 긴장과 떨림을 제거해야 할 문제라고 생각하지 않고 당연히 나타날 수 있는 증상이라고 받아들인다. 나는 심장이 두근거리고 긴장이 되면 "이 떨림! 너무 좋아."라고 말한다. 심장이 쫄깃해지는 기분이 어느 순간 좋아졌다. 발표가 끝나면 무서운 놀이 기구를 타는 기분처럼 짜릿하다.

나처럼 떨림이 불안이 아닌 설렘으로 바뀔 때가 반드시 온다. 그전까지 우리는 자신의 불안 증상을 너무 예민하게 생각한다. 떨고 있는 자신의 손과 목소리에 너무 집중한 나머지 일시적으로 망각 상태가 되기도 한다. 망각 상태가 되면 머릿속이 하얘지고 무슨 말을 해야 할지 몰라 '멘붕 상태'가 된다. 그때, 그 상황을 긍정적인 생각으로 전환해야 한다. '나는 지금 불안해서 떠는 것이 아니라 설레고 있구나.'라고 재해석하고 받아들이는 연습이 필요하다. 수업 시간에 수강생들에게 이런 말을 하면 이해가 안 된다는 표정을 짓는다. 당연하다. 나도 처음엔 그렇게 생각했으니까.

불안을 어떻게 설렘으로 바꿀지는 당신 생각에 달려 있다. 지금까지 불안은 외부적인 문제 때문에 생기는 것이 아니라 내 생각이 만들어 낸 실체라고 말해 왔다. 예를 들어서 설명을 하면 더 이해가 빠를 것이다.

만약 우리가 소개팅을 나갔는데 잘생긴 남자나 예쁜 여자가 나왔다고 생각해 보자. 보자마자 첫눈에 반했다. 그때부터 심장은 두근거리고 긴장된다. 이때 감정은 불안해서 나타나는 증상일까, 설레서 생기는 증상일까. 다른 사람들 앞에서 말할 때 떨리고 불안한 마음은 확실히 아닐 것이다. 이는 우리가 발표할 때 느끼는 증상과 별반 다를 게 없다. 소개팅에서 심장이 두근거리고 긴장되는 것은 발표할 때도 나타나는 증상이다. 그런데 왜 소개팅에서 나타나는 증상은 설렘의 감정이고 발표할 때 나타나는 증상은 불안한 감정일까? 상황만 다를 뿐 우리 몸에 나타나는 증상은 똑같은데 말이다.

결국 모든 것은 내 생각 때문에 흘러나온 결과라는 것을 알 수 있다. 내 생각 때문에 불안한 감정들이 나온 것이라면 우리 생각을 긍정적으로 전환해 이를 바꿀 수 있다.

미국의 동기부여가이자 세일즈맨의 원조로 불리는 클레멘트 스톤(W.Clement Stone)은 이런 말을 했다. "생각은 우주에서 가장 힘이 세다. 친절한 생각을 하라. 그러면 친절해진다. 행복한 생각을 하라. 그러면 행복해진다. 성공을 생각하라. 그러면 성공한다. 훌륭한 생각을 하라 그러면 훌륭해진다. 나쁜 생각을 하라. 그러면 나쁜 사람이 된다. 질병을 생각하라. 그러면 아프게 된다. 건강을 생각해라. 그러면 건강해진다. 당신은 당신이 생각하는 그것이 된다."라고 말했다. 사는 대로 생각하기보다 생각한 대로 산다면 발표불안뿐 아니라 삶도 변화될 것이다.

수강생 N 씨는 4개월 정도 스피치를 배운 수강생이다. 과제도 충실히 해 오고 스피치에 대한 열정이 다른 수강생들보다 남달랐다. 발표불안을 극복하기 위해서 길거리 스피치, 지하철 스피치 등 안 해 본 게 없을 정도로 극복하고 싶은 의지가 누구보다 강했다. N 씨는 친구들 모임에서 자기소개조차 부끄러워서 못 하던 분이셨다. 하지만 지금은 수다쟁이가 될 정도로 몰라보게 변화됐다. 발표불안을 극복한 자신이 신기해서 지인들에게 스피치를 소개해 주기까지 한다. 이제는 길거리에서 인터뷰를 해 달라는 요청이 와도 서슴없이 허락한다. 이분을 볼 때마다 스피치 강사가 되길 잘했다는 생각이 들었다.

"강은영 교수님을 만나 두려운 스피치가 즐거운 스피치로
바뀌었습니다."
"이제 피하지 않을 겁니다."

수업이 끝나고 카톡으로 온 N 씨의 문자에 미소가 지어졌다. 불안을 어떻게 다룰지 알게 된 분이다. N 씨는 불안이 설렘으로 바뀌면서 삶을 바라보는 시선도 변하셨다. 지금은 스피치뿐 아니라 책까지 읽으신다. 평생 책과 담을 쌓고 살았던 분이 이제는 스피치로

인해서 인생이 달라지셨다.

불안과 설렘은 어떻게 보면 동전의 양면처럼 함께할 수 없지만 뗄 수 없는 관계이다. 불안이 설렘으로 바뀌는 순간은 사람들에게 환호와 박수를 받았거나 칭찬을 받았을 때 생긴다. 긍정적인 경험이 생긴 사람은 '또 해 보고 싶다.' 라는 생각이 든다. 이것을 효과의 법칙(law of effect)이라고 한다. 어떤 일을 했을 때 만족하면 그 일을 계속 반복하고 싶어 하고 그렇지 않을 땐 이를 피하려는 현상을 뜻한다. 발표에 대한 작은 성공의 경험들이 불안을 설렘으로 바꿀 수 있다. 작은 성공의 경험들을 차곡차곡 쌓아 두면 발표를 '피하고 싶은 것', '부정적인 것' 으로 생각하지 않는다. 반대로 반복되는 실패의 경험은 발표를 극복하려는 의욕을 떨어뜨린다. 자신이 충분히 극복할 수 있는 상황에서도 불가능하다고 포기한다. 부정적인 생각에서 빠져나오지 못하고 멘탈이 붕괴된다. 부정적인 생각에 빠질수록 작은 성취감을 얻으려고 노력해야 한다. 실패하더라도 끈기를 가지고 집중해야만 원하는 결과를 얻을 수 있다.

집중을 지속시킬 수 있는 것은 끈기이다. 집중이 분산되면 에너지가 약해지고 쉽게 포기하게 된다. 성공한 사람들을 보면 공통적으로 자신의 일에 끈기 있게 집중한다.

세계 최고의 발레리나 강수진과 세계 최고의 피겨 여왕 김연아 선수는 자신의 일에 집중하며 피나는 노력을 했다. 이들도 수천 명이 보는 앞에서 긴장되고 떨렸을 것이다. 이들이 불안과 긴장에만 집중을 했다면 세계 최고가 되지 못했을 것이다. 이들은 불안을 긍정적인 측면에서 바라보고 연기에 임했다. 자신의 꿈을 이룰 수 있다는 설레는 감정이 더 우선이 되어 최선을 다해 집중했다. 발표할 때 긴장되고 떨린다면 마음속으로 '떨림이 아니라 설렘이야.' 라고 마음속으로 말해 보자. 더 이상 발표는 '피하고 싶은 순간' 이 아니라, '기다려지는 순간' 일 것이다.

12. 자신 있게 제스처 하라

미국 심리학의 아버지라고 불리는 윌리엄 제임스(W.James)는 〈감정이란 무엇인가〉라는 논문에서 행동에 대한 변화가 감정에 영향을 미친다고 했다. 예를 들면 우리가 곰을 보고 두려워서 도망간다고 생각하지만 사실 도망가기 때문에 두려움을 느낀다고 주장했다.

발표하는 상황에서도 발표가 무서워서 떠는 것이 아니라 떨기 때문에 두려움을 느끼는 것이다. 발표하지 않으려고 도망가는 행동이 오히려 더 두려움을 느끼게 만들고 자신감을 떨어뜨리게 한다. 자신감이 떨어졌을 때 어떻게 해야 할까. 자신감 넘치는 행동을 하면 된다. 내가 어떤 행동을 하냐에 따라 그대로 감정이 따라오기 때문이다.

발표불안이 있는 사람들은 자리에 일어나서 무대에 나오는 순간부터 자신감이 부족하다. 어깨를 움츠리면서 소심하게 걸어 나온다. 우리는 무대에서 발표하는 순간부터 발표의 시작이라고 생각하지만 사실은 무대로 걸어가는 순간부터가 발표의 시작이다. 청중은 걸어 나오는 태도만 보고도 발표자를 주관적으로 평가한다. 발표불안이 있더라도 어깨를 펴고 당당하게 걸어 나와야 자신감이 뿜어져 나온다.

예전 텔레비전 프로그램 중에 〈나는 가수다〉라는 프로가 있었다. 가수들끼리 서로 노래 경연을 하는 프로그램이었는데 여기서 가수 인순이가 '아버지'라는 노래를 불렀다. 그런데 처음 등장부터가 심상치가 않았다. 음악 없이 멋진 드레스를 입고 걸어 나오는 모습에서 프로, 레전드, 카리스마 같은 것들이 느껴졌다. 청중은 숨을 죽이며 눈을 떼지 않고 가수 인순이의 모습을 바라보았다. 음악 전문가들은 인순이의 등장 자체만으로 음악의 시작이었고 감동의 시작이었다고 말했다. 그만큼 무대에서 태도가 중요하다는 것이다.

당신이 발표할 때 멋진 드레스를 입고 당당하게 무대 위로 걸어 간다고 상상해 보자. 작은 행동 하나가 자신감이라는 감정으로 채워질 것이다. 제스처(행동)를 잘하면 스피치를 당당하게 할 수 있을 뿐 아니라 청중에게 좋은 첫인상을 남기게 된다. 첫인상은 처음 사람을 만났을 때 호감인지 비호감인지를 판단하게 한다. 첫인상을 결정하는 시간은 3초~10초에 불과하다. 만약 비호감이었다면 호감으로 바뀌기 위해서 48시간이 더 필요하다.

1970년 캘리포니아 대학교의 심리학자 앨버트 메라비언(Albert Mehrabian) 박사는 상대방의 첫인상을 결정하는 것 가운데 비언어적인 것이 55%를 차지하고 목소리는 38%, 내용은 7%라는 연구 결과를 발표했다. 청중은 논리적인 내용보다 눈에 보이는 태도에 더 집중한다는 것이다. 예를 들어서 100명의 청중 앞에서 영혼 없이 "여러분 사랑합니다."라고 했다면 100명 중 7명이 호감을 느낄 수 있다. 반대로 영혼을 담아서 애교 섞인 목소리로 "여러분, 사랑합니다."라고 한다면 100명 중 38명이 호감을 느낄 수 있다. 마지막으로 두 손으로 하트 모양을 하면서 애교스러운 목소리로 "여러분, 사랑합니다."라고 하면 93%가 호감을 느낄 수 있다. 내용보다 어떻게 표현하고 말하느냐에 따라 호감도가 달라진다는 것을 알 수 있다.

발표할 때 '태도'는 보디랭귀지 즉 제스처를 말한다. 자신감이 넘치는 사람들은 표정, 시선, 손동작, 발동작이 자연스럽지만 발표불안이 있는 사람들은 긴장 때문에 제스처를 자연스럽게 하지 못한다. 로봇처럼 무표정으로 무대에서 발표를 한다. 긴장이 되면 자신도 모르는 습관적인 행동이 나오기도 한다. 나는 머리카락을 반복적으로 귀에 꽂는 습관이 있었다. 내 모습을 동영상으로 찍어 보고 나서 알게 된 사실이다. 자신이 어떤 모습으로 발표하는지 자신의 모습을 동영상으로 찍어서 모니터링해 보길 제안한다.

발표불안이 있는 사람들은 청중을 똑바로 쳐다보지 못한다. 시선 처리를 어떻게 해야 할지 몰라 당황해한다. 땅을 쳐다보면서 말하는 사람, 이리저리 눈동자를 굴리면서 말하는 사람, 천장을 쳐다보면서 말하는 사람들이 있다. 시선 처리가 되지 않으면 내용에 집중할 수가 없다. 시선 처리는 발표할 때 신뢰감을 주는 것 중 하나이다. 사람들을 어떻게 바라보느냐에 따라 나를 바라보는 태도가 달라진다. 내가 자신감 있는 시선으로 바라봐야 다른 사람들이 나를 존중하고 신뢰하게 된다.

청중과 시선을 마주치면서 발표하려면 훈련이 필요하다. 시선 처리가 잘 되지 않는 사람들은 평소 이야기할 때도 사람들 눈을 잘 맞추지 못한다. 청중을 바라보지 않고 말을 하는 것은 눈을 감고 말하는 것과 같다. 발표하는 사람이 눈을 감고 말하면 어떤 청중이

들어줄 수 있을까. 발표자는 쳐다보지 않고 말을 하면 덜 불안하다고 느낄지는 모르겠지만 오히려 두려움이 더 커진다. 스피치 수업 시간에 시선 처리를 자연스럽게 하기 위해서 서로 마주 보며 '눈싸움 게임'을 한다. 대부분 부끄러워서 못 보겠다고 하시는 분들이 많았다. 1 대 1로 쳐다보는 것도 부끄럽다면 여러 명을 쳐다보면서는 더더욱 말을 할 수가 없다. 발표할 때는 청중 한 명 한 명에게 골고루 눈 마사지를 해 주어야 한다. 이론적으로 Z자 모양으로, 오른쪽에서 왼쪽으로, 왼쪽에서 오른쪽으로 3초씩 바라봐야 한다. 하지만 막상 발표를 하게 되면 어디를 어떻게 봐야 할지 눈앞이 깜깜해진다. 이럴 땐 나를 따뜻한 시선으로 바라봐 주고 고개를 끄덕여 주는 사람을 쳐다보면 긴장감이 줄어든다. 긴장이 어느 정도 풀리면 전체적으로 천천히 바라보면 된다.

멘탈 스피치(mental speech) 수업 시간에 발표자가 앞에 나오면 청중들과 눈빛을 주고받는 훈련을 한다. 매주 반복 훈련을 통해서 수강생들의 시선 처리가 눈에 띄게 좋아졌다. 서로가 잘 되길 바라는 마음으로 눈빛을 주고받았기 때문에 빠른 시간 안에 해결될 수 있었다. 눈은 마음의 거울이라고 했다. 따뜻한 눈 맞춤은 상대의 존재를 인정해 주고 존중해 주는 것이다. 단순히 쳐다보는 것으로 끝나는 것이 아니라 눈으로 따뜻한 말을 전해야 한다. 따뜻한 눈 맞춤은 긍정적인 보디랭귀지이다.

발표할 때 긴장되고 떨리면 손과 발을 어떻게 해야 할지 모르는 사람들도 많이 있다. 뒷짐을 지고 말하는 사람, 주먹을 꽉 쥐고 차렷 자세로 말하는 사람, 손을 만지작거리는 사람들이 대다수다. 다리를 위아래로 끄덕거리거나 시계추처럼 흔들면서 말을 하기도 한다. 이런 증상들은 긴장 때문에 몸에 힘이 들어간 습관적인 태도이다. 자신감이 생기면 자신의 행동을 의식하면서 태도를 바로잡게 된다. 자신감 있는 태도를 해야 자신감이 생긴다고 앞서 말했다. 발표를 하다가 불안하고 긴장이 된다면 제스처를 하면서 불안감을 떨쳐 내 보자. 손 제스처만으로도 충분히 긴장감을 줄일 수 있다.

예를 들어 "여러분, 발표불안은 반드시 극복될 수 있습니다."라는 말을 할 때 아무 움직임도 없이 말을 했을 때와 주먹 쥔 한 손을 앞으로 뻗으면서 "여러분, 발표불안은 반드시 극복됩니다."라고 말했을 때 어느 쪽이 더 자신감이 느껴지는가. 주먹을 불끈 쥐며 말한 쪽이 극복의 의지가 더 느껴질 것이다. 이렇게 제스처를 하게 되면 자신감이 붙고 불안했던 감정이 줄어든다. 주의할 것은 너무 과한 제스처는 산만하게 보일 수 있고 반감을 살 수도 있다는 점이다. 내용에 맞게 적절하게 사용하는 것이 좋다.

처음부터 유명한 명사들처럼 크고 역동적인 제스처를 할 수는 없지만 연습을 통해서 충분히 바뀔 수 있다. 제스처에 익숙해지면 자연스럽게 웃으면서 발표하게 될 것이다. 움츠리지 말고 당당하게 행동해 보자.

13. 자신을 칭찬하라

"돌고래쇼 멋지군요! 어떻게 하신 겁니까? 비결이 뭐죠?"

켄 블렌차드(Ken Blanchard)는 해양박물관에서 돌고래가 점프하는 쇼를 보다가 조련사에게 물어보았다.

"고래를 처음 만났을 때 훈련부터 시키지 않았습니다. 충분한 신뢰가 먼저죠. 그런 후에 훈련을 시작하면, 작은 성공을 할 때마다 칭찬과 격려를 아끼지 않았습니다." 조련사의 칭찬과 격려가 돌고래에게 용기를 심어 주고 능력을 뽐낼 수 있는 환경을 만들어 준 것이다. 불가능한 것처럼 보이는 것을 가능하게 만드는 힘! 『칭찬은 고래도 춤추게 한다』(21세기북스, 2003)라는 베스트셀러가 탄생한 배경이다.

스피치 수업 시간에도 칭찬을 통해서 수강생들에게 동기부여를 하고 있다. 조련사가 고래를 춤추게 한 것처럼 나는 수강생들을 춤추게 만든다. 평소에 칭찬을 받지 못한 사람들이 칭찬을 받게 되면 '아니에요.' 라며 손사래를 친다. 나는 칭찬을 온전히 다 받으라고 말한다. 칭찬은 받아 본 사람만이 칭찬을 줄 수 있다. 사람들에게 칭찬을 받으면 내 안에 쌓아 둬야 한다. 쌓아 둔다는 것은 누군가에게 줄 수 있다는 것이다. 칭찬을 받으면 상대방에게 인정을 받았다는 생각에 기분이 좋아진다. 무엇보다 '나도 장점이 있구나.'라는 생각에 자존감이 높아진다.

칭찬은 사람의 인생을 바꿔 놓을 수 있을 만큼 강력한 힘을 가지고 있다. 칭찬은 사람들에게 용기와 격려를 주고 새로운 꿈을 꾸게 한다.

발표불안 환자였던 내가 스피치 강사가 될 수 있었던 건 칭찬 덕분이었다. 나의 인생 멘토이자 스피치 스승이신 김성희 대표님의 "은영아, 넌 할 수 있어! 너에게 재능이 있어!"라는 한마디가 나를 살렸다. 나는 살면서 칭찬을 많이 받지 못하고 자라 왔다. 나라는 사람은 재능도 없고 무능한 존재라고만 생각했다. 대표님의 칭찬 한마디 덕분에 나에게도 무한한 잠재능력이 있음을 알게 되었다.

이처럼 칭찬은 사람을 성장시키는 마법 같은 힘을 가지고 있다. 자신도 모르는 장점을 타인이 진심으로 칭찬해 줄 때 자아를 발견하게 된다. 우리는 무한한 잠재능력을 가지고 있다. 지금 발견하지 못했다면 칭찬으로 잠재능력을 깨워야 한다.

스피치 수업 시간에 발표가 끝나면 칭찬 피드백을 돌아가면서 해 준다. 발표불안을 해결하기 위해서는 타인의 칭찬이나 격려 같은 영양제를 먹어야 한다.

칭찬을 하면 칭찬받는 사람도 기분이 좋지만 칭찬을 하는 사람도 기분이 좋아진다. 발표불안을 해결하기 위해서는 자존감을 바로 세우는 일이 중요하다. '칭찬 스피치'를 통해서 우리는 자존감을 세울 수 있다. 자존감은 칭찬을 받아서도 생기지만 칭찬을 주면서도 생긴다. 칭찬을 하지 못하는 사람은 "잘난 게 없는 내가 다른 사람을 어떻게 칭찬해!"라고 생각할 수 있다. 이런 생각은 자존감을 갉아먹는 말이다. 부족할지라도 "나는 다른 사람들을 칭찬할 수 있는 능력이 있어!"라고 긍정적으로 생각해야 한다. 칭찬은 먼저 줘야 몇 배로 나에게 돌아온다. 사람의 마음을 움직이는 기적 같은 칭찬 한마디로 발표불안을 극복해 보자.

피그말리온 효과(Pygmalion effect)는 심리학 용어로 자주 언급되는 용어이다. 고대 그리스 조각가였던 피그말리온은 자신이 생각하는 이상적인 여성을 조각하고 나서 갈라테이아(Galatea)라고 이름을 붙여 주었다. 피그말리온은 그 여인상이 너무 아름다워서 사랑에 빠지게 되었다. 그 사랑에 감동한 사랑의 여신인 아프로디테는 조각상에 생명을 주어 피그말리온의 사랑을 이루어 주었다. 이처럼 피그말리온 효과의 핵심은 사람에 대한 긍정적인 기대나 관심이 실제로 이루어진다는 것이다.

실제로 피그말리온 효과는 1964년 하버드 대학교 사회학과 교수인 로버트 로젠탈(Robert Rosenthal)에 의해 증명되기도 했다. 그는 미국 샌프란시스코 한 초등학교에서 전교생을 대상으로 지능검사를 한 후에 무작위로 20% 정도를 뽑아서 그 명단을 선생님에게 주었다.

그리고 선생님들에게 20% 학생들이 '지적 능력이나 학업성취 능력이 향상될 가능성이 높은 학생들'이라고 말했다. 8개월 후 똑같은 지능 검사를 실시하였다. 그 결과 20% 학생들은 다른 학생들보다 점수가 월등하게 높게 나왔다. 선생님들의 기대와 격려가 학생들의 성적을 크게 향상시키는 요인이 된 것이다.

이처럼 남들이 기대하는 대로 움직이고 노력하게 되는 건 상대방에 대한 긍정적인 관심 덕분이란 것을 알 수 있다. 그렇다면 긍정적인 관심을 표현하는 도구는 무엇일까. 바로 칭찬이다.

"내가 잘할 수 있을까?"
"분명히 실패할 거야."
"떨고 긴장할 거야."

발표불안이 있는 사람들은 발표하기 전부터 자신을 한없이 의

심한다. 자기가 자신을 믿어 주지 않으면 남들도 나를 긍정적으로 바라봐 줄 리가 없다. 자신을 의심하고 믿지 못하는 사람은 자존감이 낮다. 낮아진 자존감을 높이기 위해서는 칭찬이 필요하다. 남들이 나에게 매일 칭찬을 해 주면 좋겠지만 매일 나를 칭찬해 주는 사람은 없다. 그러면 누구에게 칭찬을 받아야 할까? 바로 나 자신이다.

스스로 자신의 존재와 가치를 인정해 주고 매일 칭찬을 해 줘야 한다. 칭찬 스피치 시간에는 자신을 칭찬하는 훈련을 하고 있다. 자화자찬을 하게 되면 스스로 자존감을 끌어올릴 수 있기 때문이다.

지금 당장 큰 소리로 자신에게 칭찬을 해 보자. 단순히 문자만 소리 내서 읽는 것이 아니라 그 의미를 가슴속으로 느끼면서 자신을 사랑하는 마음으로 읽기를 바란다.

"○○야, 넌 정말 대단한 사람이야."

"○○야, 넌 정말 멋있는 사람이야."

"○○야, 넌 정말 사랑스러운 사람이야."

"○○야, 넌 정말 최고야!"

"○○야, 나는 너를 있는 그대로 사랑해."

지속적으로 되뇌는 말은 뇌를 바꾸고 행동을 변화시킨다. 지속적으로 나를 칭찬해 주다 보면 삶의 의욕이 생기고 하고 있는 모든 일들이 잘 풀리게 될 것이다. 내가 발표불안을 빨리 극복할 수 있었던 이유 중 하나가 바로 '나에게 칭찬해 주기'였다. 아주 작은 일도 "은영아, 정말 잘했어!", "오늘 너무 멋지게 잘 해냈어. 고마워."라고 말해 주었다. 내 말이 다시 내 귀로 흘러 들어가 나에게 힘을 북돋아 주었다. 매일 자신에게 보약 같은 칭찬을 해 주길 바란다. 당신은 분명 자신감 넘치는 스피커가 될 것이다.

14. 이미지 트레이닝을 하라

"선생님 제 차례가 오면 너무 떨려요."

수강생 P 씨는 자기 차례가 오면 떨려서 힘들다고 토로했다. 발표 순서를 기다리는 것이 고통스러워 보였다.

왜 발표 전부터 떨리고 긴장되는 걸까?

발표하기 전에 편안하게 말하는 자신의 모습보다는 긴장되고 떨리는 모습을 상상하고, 실수를 하는 부정적인 생각을 하기 때문이다. 온통 머릿속에 "왜 이렇게 떨리지?", "실수하면 어떡하지!"라는 생각으로 가득 차 있다. 우리 뇌는 상상과 현실을 구별하지 못한다. 레몬을 먹는 상상을 하면 침이 고이는 것처럼 인간의 뇌는 실제로 몸의 반응을 이끌어 낸다.

우리는 충분히 상상으로 뇌를 속일 수 있다. 방법은 이미지 트레이닝으로 당당하게 발표하는 내 모습을 상상하는 것이다. '이미지 트레이닝'이란 자신이 생각하는 목적을 머릿속으로 계속 떠올리면 그 이미지가 실전에 적용되는 훈련법이다. 과거의 경험을 떠올리거나, 과거의 경험을 바탕으로 새로운 체험을 창조해 머릿속으로 그려 내는 것이다. 이미지 트레이닝은 '상상훈련'이라고도 불린다.

올림픽에 출전하는 선수들은 금메달을 따기 위해 매일 혹독한 훈련을 강행한다. 이들은 신체 훈련뿐 아니라 이미지 트레이닝으로 실전에서 우승한 모습을 생생하게 그려 내는 훈련을 한다. 머릿속으로 선명하게 그리면 원하는 모습대로 이루어지기 때문이다.

수영의 황제라 불리는 마이클 펠프스(Michael Phelps)의 코치인 밥 바우먼(Bob Bowman)은 비디오테이프를 이용해서 이미지 트레이닝을 한다. 경기 중에 일어나는 상황을 떠올리게 하는 상상훈련 덕분에 실제로 경기 중에 수경이 벗겨지는 상황에서도 펠프스는 침착하게 세계 기록을 달성했다. 발표도 마찬가지다. 상상훈련을 통해서 성공적으로 발표를 마치는 모습을 계속 떠올린다면 원하는 결과를 반드시 얻을 수 있다.

실제로 나는 상상훈련 덕분에 발표를 성공적으로 마쳤던 경험이 있었다. 2017년 8월에 첫 책이 출간이 되고 태어나서 처음으로 많은 사람들 앞에서 강연회를 하게 되었다. 나는 강연하기 한 달 전부터 매일 긴장감 속에서 살았다. 수없이 연습했지만 첫 강연이라 긴장이 되었다. 강연 당일 일찍 서둘러 대구 가는 기차에 올랐다. 대구까지 1시간이 걸린다. 나는 기차 안에서 이미지 트레이닝을 하기 시작했다. 눈을 감고 자신 있게 강연하는 내 모습과 청중이 감동의 눈물을 흘리는 모습을 생생하게 상상했다. 강연이 끝나고 박수갈채와 환호가 터져 나오는 상상을 하는 순간 긴장했던 마음이 편안해졌다. 이제 더 이상 우황청심환을 먹지 않아도 되다니.

강연장에 도착할 때까지 "나는 할 수 있다."라는 말을 수없이 내뱉었다. 나는 할 수 있다고 말할 때마다 "정말 너 할 수 있어?"라는 말이 귓가에 들려왔다. "그럼! 당연히 할 수 있지!"라고 대답해 주자 불안감이 줄어들었다.

'발표하다가 죽기야 하겠어!' 라는 심정으로 무대에 올랐다. 얼굴에 철판을 깔고 80명이 넘는 청중 앞에서 열강을 하기 시작했다. 신기하게도 기차 안에서 상상했던 그대로 현실에서 일어나고 있었다. 청중은 내 이야기에 감동하며 눈물을 흘렸다. 강연이 끝나고 나서 환호와 박수갈채도 받았다. 약을 먹고 술을 먹어야만 발표를 했던 내가 '상상 약'을 먹으면서 발표불안을 극복할 수 있었다. 공포스러웠던 발표불안을 이미지 트레이닝으로 해결할 수 있는 것이 신기했다.

신체는 우리 생각과 연결이 되어 있다. 내가 어떤 생각을 하느냐에 따라 그대로 몸이 반응한다. 생각의 힘을 믿어야 한다. 자신 있고 당당하게 말하고 싶다면 발표를 성공적으로 하는 자신의 모습을 상상해 보자. 입가에 미소가 지어질 것이다.

내 생각에는 강력한 힘이 있다.
별이 하늘에서 떨어진 이유에 대해
한마디로 말하면, 내가 원해서다.
−괴테−

상상훈련을 할 때 나를 제삼자의 눈으로 바라보자. 미래에 대한 이미지를 선명하게 머릿속으로 리허설을 해 보는 것이다. 세계적인 명연설가였던 미국의 존 F. 케네디 대통령은 연설하기 전날 밤부터 계속해서 상상 리허설을 했다고 한다. 연단으로 당당하게 걸어 들어가는 모습뿐 아니라 연설하는 상황 속에서 느껴지는 감정을 하나도 놓치지 않았다. 연설이 끝나면 청중이 환호하는 모습까지 상상의 무대에 등장시켰다. 상상 속에서 내 모습을 비디오 영상으로 돌릴 때 1인칭으로 바라보는 것이 아닌 제삼자의 눈으로 바라보는 것이 포인트다. 무대에 서 있는 내 모습을 멀리서 바라보는 것이다.

청중과 함께 객석에 앉아 자신의 모습을 긍정적으로 바라보면 실전에서 자신감 넘치는 발표를 하게 된다. 상상으로 찍어 냈던 자신감 있는 모습이 그대로 현실로 실현된다. 이런 놀라운 사실을 수업 시간에 알려 주면 수강생들은 어리둥절한 표정으로 나를 쳐다본다. 어떻게 상상으로 발표불안을 극복할 수 있는지 믿지 못하는 것 같았다. 상상만으로 원하는 모든 것이 이루어진다면 많은 사람들이 방 안에 앉아서 상상만 하려고 할 것이다. 하지만 여기서 중요한 게 남아 있다. 바로 실천이다. 행동하지 않으면 아무일도 일어나지 않는다. 간절하게 상상하되 반드시 실천이 따라와야 원하는 것을 이룰 수 있다.

『아주 작은 반복의 힘』(스몰빅라이프, 2016)의 저자인 로버트 마우러(Robert Maurer)는 상상훈련을 '마음 조각하기'라고 불렀다. '마음 조각하기'는 뇌를 속이는 훈련법이다. 사람들 앞에서 자신 있게 발표하려고 해도 막상 무대에 서면 눈앞이 깜깜해진다. 무의식적으로 두려워진다. 하지만 상상을 시작하면 뇌는 그 상상에 맞춰 서서히 변화해 나간다. 이런 작은 변화가 쌓여서 실제 상황을 바꿀 수 있게 된다. 나는 발표불안을 극복하기 위해 자신 있게 발표하는 사진을 벽에 붙여 수시로 보면서 상상을 했다. 시각적인 이미지를 보면서 상상하면 현실이 될 확률이 훨씬 더 커진다.

구체적인 상상훈련을 반복적으로 하면 습관이 만들어진다. 습관은 자신이 살아가는 데 기준이 된다. 흔히 사람들은 재능과 노력만이 성공을 가져다준다고 생각하지만 중요한 것은 꿈꾸는 능력이다. 생생하게 꿈을 꾸면 불가능하다고 생각한 것도 가능하게 된다. 불가능해 보이는 발표불안도 상상훈련으로 반드시 극복될 수 있다. 칠전팔기의 정신으로 성공이 보일 때까지 당당하게 발표하는 자신의 모습을 상상하며 꿈꾸길 바란다.

15. 함께해라

"선생님 저는 사람들 눈을 보면서 말을 못 하겠어요."

수강생 J 씨가 수업이 끝나고 조용히 고민을 털어놓았다. 사회복지사인 그녀는 요양보호사들에게 지시 사항을 전달할 때 상대의 눈을 보면서 말을 하지 못한다고 했다. 그 이유 때문에 동료들과 소통이 되지 않고 오해를 사는 일이 많았다. 상대의 눈을 쳐다보지 않고 말을 하면 상대에게 신뢰감을 얻기가 힘들다. 만약 회사에서 상사가 업무 지시를 내리는데 벽을 쳐다보면서 이야기를 한다고 생각해 보자.

"이 사람 뭐야.", "나를 무시하나?"라고 생각하는 사람이 있을 수 있고 "나를 얕잡아 보나?"라고 생각할 수 있다. 나는 수강생 J 씨에게 사람들과 이야기를 할 때 눈 맞춤이 어려우면 상대의 인중이나 콧등을 쳐다보라고 말해 주었다. 처음에 인중을 보면서 말을 하다가 마음이 편안해지면 눈을 조금씩 쳐다보는 연습을 해 보라고 조언해 주었다. 사람들을 쳐다보면서 말하는 경험이 부족하기 때문에 눈을 쳐다보는 것이 부담스러울 수 있다. J 씨 같은 경우는 상대와 눈을 마주치고 이야기하는 경험도 부족했지만 다른 심리적인 문제 때문에 다른 사람의 눈치를 보는 것이 더 큰 요인이었다.

사람들과 눈을 마주치지 못하고 발표불안이 생긴 이유는 반드시 있다. 부정적인 경험이 무의식에 각인이 돼서 비슷한 상황이 오면 불안이 불쑥 튀어나오기 때문이다. J 씨는 어린 시절 전학을 많이 다녔다고 한다. 자기소개를 할 때마다 친구들이 웃었고 그때부터 말을 하는 것이 두려웠다고 했다. 과거 부정적인 경험이 어른이 돼서도 발표불안에 영향을 준 것이다. J 씨는 그런 자신을 바꾸려고 노력했다.

첫 수업 시간에 J 씨에게 간단하게 자기소개를 부탁했다. 앞에 나오자마자 온몸을 꽈배기처럼 꼬고 손을 어떻게 해야 할지 몰라 했다. 과거 부정적인 기억 때문에 '사람들이 웃으면 어떡하지.',

'이상하게 보면 어떡하지?' 라는 생각이 들었을 것이다.

남들이 나를 어떻게 생각할까에 집중하다 보면 자신을 통제할 수 없는 상황이 벌어진다. 다른 사람들이 나를 부정적으로 생각할 거라는 생각은 불안을 더 크게 키울 수 있다. 그 이후로 수강생 J 씨는 한동안 수업을 나오지 않았다.

어느 날 함께 수업을 받고 있는 수강생 한 분에게서 문자가 왔다.

"선생님, 수강생 J 씨의 전화번호를 알 수 있을까요? 그분이 요즘 너무 안 나오셔서 제가 전화를 좀 해 보고 싶어서요. 그분은 꼭 이 수업을 받아야 됩니다."

이분은 스피치 수업에서 회장을 맡고 계신 분이다. 극심한 발표 불안 때문에 안 다녀 본 스피치 학원이 없을 정도였다. 수강생 J 씨를 보면서 자신의 모습이 투영된다며 함께 극복하고 싶어 하셨다. 자신이 극복한 것처럼 J 씨도 할 수 있을 거라고 말씀하셨다. 회장님의 전화로 수강생 J 씨는 다시 스피치 수업을 나오기 시작했다. 발표가 무서워서 오지 않은 것이 아니라 바빠서 오지 못했다고 했다. 그 이후부터 J 씨는 빠지지 않고 스피치 수업을 나왔다. J씨가 강의장 문을 열고 들어올 때 모두 박수를 쳐 주며 잘 왔다고 반겨 주었다. 처음 받아 보는 관심과 사랑에 부끄러워했지만 입가에 미소를 한가득 담고 있었다.

발표불안은 사람들의 사랑과 관심으로 극복될 수 있다. 사랑을 받으면 자신이 사랑받을 만한 존재구나, 라는 생각을 하게 된다. 부족하고 단점 투성이인 것 같았던 자신도 사랑받을 수 있는 존재라는 것을 깨닫는다. 스피치를 배우면서 점점 자존감이 높아지고 옵션처럼 자신감이 따라온다. 자존감과 자신감이 장착되면 어떤 자리에서든지 당당하게 말할 수 있는 사람으로 거듭나게 된다. 사람들의 응원과 사랑으로 J 씨는 조금씩 변화되고 있었다. 이리저리 흔들던 손도 꼭 쥐고, 꽈배기처럼 꼬던 몸도 하나씩 풀리기 시작했다. 태도에서부터 놀랄 만큼 변화가 생겼다.

"아직도 떨리긴 하는데 하고 싶은 말이 많아졌어요."

"여기 오면 기분이 너무 좋아요."라고 J씨가 말했다. 나는 떨리는 손을 꼭 부여잡고 용기 있게 입을 뗀 J 씨를 보면서 뿌듯한 미소를 지었다. 아직 발표불안이 해결되지는 않았지만 짧은 시간 안에 이룬 큰 변화였다. J 씨의 놀라운 변화에 동기 수강생들은 더 기뻐하며 환호해 주었다. 이들은 J 씨가 발표불안을 극복하기를 누구보다 바라는 사람들이다. 다른 사람이 잘되길 바라는 마음을 가지고 사랑의 눈빛으로 바라보면 그 사랑이 반드시 나에게 돌아온다. 다른 사람의 일을 내 일처럼 기뻐하고 감동해 주길 바란다. 세상을 살면서 나를 응원해 주고 사랑해 주는 사람이 단 한 명이라도 있다면 살아갈 힘을 얻게 된다. 또한 같은 고민이 있는 사람들끼리 서로 응원해 주고 격려해 준다면 어떤 어려움도 극복할 힘이 생긴다. 서로 비교하지 않고, 서로 보고 배우는 관계가 되어야 한다.

스피치 후속 모임으로 스피치 교실을 만들었다. 수강생들과 오랫동안 스피치를 하기 위해서다. 2주에 한 번씩 만나서 우리는 긍정 에너지를 주고받는다. 모임의 이름은 '소나기'라고 지었다. 소통, 나눔, 기쁨이라는 뜻이다. 이곳에 오면 같은 공감대를 가진 사람들과 소통하고 좋은 에너지를 나눌 수 있어서 기쁘다.

발표불안이 있다면 나와 같은 공감대를 가지고 있는 사람들을 만나라. 회사라면 같은 직장 동료끼리, 학생은 학생끼리 모임을 만들면 서로가 큰 힘이 되어 줄 것이다.

아프리카 속담 중에 '빨리 가려면 혼자 가고, 멀리 가려면 함께 가라.'는 말이 있다. 혼자서는 절대 멀리 가지 못한다. 원하는 목표에 도달하기 위해서는 혼자 빨리 가는 것도 좋지만, 함께 멀리 간다면 어떤 어려움과 시련이 와도 절대 포기하지 않게 될 것이다.

16. 스피치에 미쳐라

나는 '미쳤다' 라는 말을 자주 듣는다. "너 진짜 미쳤구나!"라는 말을 들으면 기분이 좋다. 미쳤다는 말이 칭찬으로 들리니 정말 미친 게 맞다. 비 오는 날 머리에 꽃을 꽂았다는 게 아니다. 어떤 일에 지나칠 정도로 열중해 있다는 뜻이다.

20대 초반에 춤에 미쳐 있었다. 먹고 자는 일보다 춤추는 것이 삶의 1순위였다. 춤을 잘 춰서가 아니다. 춤을 못 춰서 잘 추고 싶었다. 그래서 매일 밤낮으로 잠 안 자고 춤을 췄다. 공연하는 언니들이 부러웠다. 나도 꼭 공연단으로 들어가 무대 위에서 춤추고 싶었다. 그렇게 미친 듯이 춤 연습을 하니 나무토막 같았던 몸이 점점 유연해졌고 꿈에 그리던 무대에서 공연을 하기도 했다.

30대에는 영어에 미쳐 있었다. 회사에서 해외로 출장을 갔을 때 일이다. 외국인의 간단한 질문에 입 뻥긋 못 하는 내가 창피하고 부끄러웠다. 그래서 한국에 돌아와서 영어 공부를 시작했다. 회사 가기 전에 영어 학원에 가고 집에 오면 팝송과 미국 드라마에 빠져 지냈다. 퇴사하고 나서는 배낭 하나만 메고 혼자서 호주에 갔다. 관광보다는 영어를 배우기 위해서였다. 실전 영어를 위해서 길 가는 외국 사람을 붙잡고 알고 있는 길도 모르는 척하며 영어로 물어볼 정도로 영어에 미쳐 있었다.

결혼을 하고 나서는 엄마표 놀이에 미쳐 있었다. 아이들과 미술 놀이, 만들기 놀이를 한 것을 블로그에 올리기 시작했다. 그것이 네이버 메인까지 올라가면서 놀이에 대한 열정이 더 뜨거워졌다. 일상에서 보이는 모든 것들이 놀이 재료들로 보였다. '오늘은 뭘 하고 놀아 줄까.' 매일 행복한 고민을 하며 보냈다. 놀이할 때 아이들의 웃음소리와 행복해하는 모습이 나를 '놀이 중독'으로 만들었다.

이 모든 것들이 내가 잘하고 좋아해서 시작한 게 아니다. 잘하지 못해서 잘하고 싶었던 것들이다. 부족한 것을 미친 듯이 도전하다 보니 내가 몰랐던 재능을 발견할 수 있었다. 결핍이 있었기 때문에 가능했다. 미친 듯이 도전하면서 성취할 때마다 자신감이 생겼다. 자신감은 잘하는 것을 더 잘했을 때 생기는 것이 아니라 못하는 것을 잘하게 될 때 생기는 것이다.

40대인 지금, 내가 미쳐 있는 것은 스피치다. 발표불안 때문에 우황청심환과 술을 먹고 발표하던 내가 스피치 강사가 될 수 있었던 것은 간절한 마음 때문이었다. 간절하게 원하다 보면 집중하게 되고, 집중하다 보면 미치게 된다. 나는 간절함 덕분에 발표불안을 극복하고 원하는 꿈을 이룰 수 있었다.

2019년 3월에 둘째 아이가 아파서 서울어린이 대학병원에 입원을 했다. 3개월 동안 병원에 있으면서 아픈 아이들을 간호하는 엄마들과 자연스럽게 친해졌다. 휴게실에 앉아 아이의 상태를 서로 물어보며 위로와 격려를 주고받았다.

어느 날 옆 병실에 있던 엄마가 조용히 나에게 다가왔다. 다른 엄마들에게 내가 스피치 강사라는 것을 들었다고 했다.

"그동안 창피해서 아무한테도 말하지 않았어요."
"제가 발표불안이 너무 심해요. 발표불안 때문에
그동안 스트레스를 많이 받아 왔어요."

그 엄마는 자신의 고민을 나에게 서슴없이 털어놓았다. 지방에서 살다가 아이가 '모야모야(Moyamoya disease)'라는 소아 뇌경색이 생기면서 서울대병원으로 전원을 한 엄마였다. 아이 엄마는 아이의 병을 고치기 위해서 무작정 아이를 데리고 서울로 달려왔다. 나도 전원을 해 본 경험이 있어서 안다. 전원을 하면 의료진들에게 아이의 건강 상태를 처음부터 일일이 다시 설명해야 한다. 아이에 대해서 하나도 빠짐없이 이야기해야 아이에게 맞는 적절한 치료를 할 수 있기 때문이다. 아이 엄마는 많은 의료진들 앞에서 아이의 상태를 떨지 않고 미친 듯이 말했다고 한다. 옆에 있던 남편이 놀랄 정도였다고 했다. 발표불안이 심했던 엄마가 어떻게 많은 사람들에게 떨지 않고 당당하게 말을 할 수 있었을까? 아이 엄마는 그것이 궁금하다고 했다. 나는 고민도 없이 '간절함'이라고 말해 주었다. 내 아이가 빨리 수술을 받아야 하는데 '제가 발표불안이 너무 심해서 말을 못해요.'라고 말할 부모가 과연 있을까.

온통 머릿속에 아이를 살려야 한다는 간절함밖에 없었을 것이다.

발표불안도 마찬가지다. 극복하고 싶다면 간절히 원해야 한다. 한 번 해 보고 "나는 안 되는구나."라고 자포자기한다면 평생 발표불안은 당신의 발목을 붙잡는 무거운 사슬이 될 것이다. 발표불안은 간절하고 절실해야 극복된다. '안 되면 말고'가 아니라, '안 되면 절대 안 돼!'가 돼야 한다. 살면서 내가 미친 듯이 도전하고 성취했던 일들을 떠올려 보자.

나는 발표불안만 극복되면 두려울 것이 없다고 생각했다. 죽기 아니면 까무러치기 심정으로 매일 새벽까지 연습하고 또 연습했다. 학창 시절에 이렇게 공부했으면 서울대에 갔을 것이다. 학창 시절에 공부 때문에 코피가 터져 본 적이 없다. 그런 내가 스피치를 공부하면서 자주 코피가 터졌다.

발표불안을 꼭 극복하고 싶었고 완전히 파헤치고 싶었다. 스피치를 배우기 위해 낮에는 대전에서 부천까지 스피치를 배우러 다녔다. 이동 거리만 5시간 정도 걸린다. 기차를 타고 전철을 두 번 갈아타고 도보로 걸어야만 다닐 수 있는 스피치 학원이었다. 지금 생각해 보면 그때 정말 미쳤구나, 라는 생각이 든다. 그때 그렇게 미치지 않았다면 이렇게 빠르게 성장하지 못했을 것이다.

대전 시민대학에서 발표불안스피치 강좌가 홈페이지에 올라오면 하루 만에 정원이 마감된다. 마감 후에도 스피치를 배울 수 있는 방법이 없냐는 전화가 온다. 그중 50대 후반인 N 씨가 기억에 남는다.

"선생님 제가 선생님의 수업을 꼭 듣고 싶은데 어떻게 방법이 없을까요?"

개인적인 학원이 아니기 때문에 임의로 결정을 할 수 없다고 말씀드렸지만 한 번만 청강하게 해 달라고 애원하셨다. 너무 간절하게 이야기하셔서 청강을 하게 해 주었다. N 씨는 수업 시간 내내 흐트러짐 없이 수업에 집중했다. 수업이 끝나고 스피치를 더 배우고 싶다고 하셨다. 마음 같아서는 청강을 더 할 수 있게 해 드리고 싶었지만 규정상 할 수 없었다. 그 후 며칠 뒤 "선생님, 저 수업 들을 수 있게 됐어요! 관리자분께서 배려를 해 주셨어요."라는 문자가 왔다. 어떻게 관리자의 마음을 돌릴 수 있었을까.

나중에 들어 보니 관리자가 안 된다고 했는데도 매일 전화해서 배우고 싶다고 얘기했다고 한다. 웬만한 사람들 같았으면 그냥 다음 기회로 미루고 포기했을 것이다. 하지만 이분은 정말 간절했던 것이다. 발표불안 때문에 수많은 스피치 학원을 다녔지만 이렇게 좋은 강의는 처음이라고 말씀하셨다.

"선생님 저는 발표불안을 극복하려고 그동안 미친 듯이 스피치를 배우러 다녔어요."

"선생님 수업을 듣고 이번엔 꼭 발표불안을 극복하고 싶습니다."

N 씨의 입에서 스피치에 미쳤었다는 말을 듣는 순간, 과거 내 모습이 보였다. 남들 앞에서 자기소개도 못 하셨던 N 씨는 수업이 종강됐을 때 다른 분이 되어 있었다. 이제는 어떤 자리에서도 자신 있게 말씀을 잘하신다. N 씨의 변화는 간절함이 가져다준 것이다.

성공의 크기는 간절함의 크기와 비례한다. 성공하기까지 수많은 실패와 실수가 있을 것이다. 포기하지 않고 끝까지 할 수 있는 힘은 간절함이다. 발표불안을 극복하고 싶은가? 그렇다면 당신의 잠재의식까지 간절함이 닿을 수 있도록 미친 듯이 노력하고 실천하길 바란다.

17. 긍정 마인드 습관을 만들어라

"매주 올 때마다 시간 가는 줄 모르겠어요."

"수업이 끝나면 흥분이 멈추지 않습니다."

라고 말하는 수강생들을 볼 때마다 뿌듯함이 밀려온다. 스피치 수업이 끝나면 보일러를 돌린 것처럼 교실이 후끈해진다. 그런데 일주일 뒤에 다시 만나면 후끈했던 열정은 어디로 갔는지 찾아볼 수가 없다. 100% 충전된 열정 배터리를 일주일 동안 다 쓰고 방전 된 상태로 온다.

나는 어떻게 하면 방전되지 않고 열정을 지속적으로 유지할 수 있을까 고민했다. 이론과 실습으로 사람들의 변화를 빠르게 이끌 어 내기는 부족하다는 생각이 들었다. 그래서 수강생들과 함께 긍 정 마인드 습관을 함께하기로 했다. 이것은 내가 발표불안을 극복 했던 방법 중 하나이다.

나는 매일 아침 일어나 긍정 확언문을 낭독하고 감사일기와 칭 찬일기를 쓴다. 낮에는 미소 셀카 사진을 찍는다. 아침마다 긍정 확언문을 낭독하면 하루를 활기차고 긍정적으로 살아갈 수 있고, 감사일기를 쓰면 소소한 일상에 감사와 행복을 느낄 수 있다. 칭찬 일기는 나를 사랑하게 만든다. 마지막으로 '미소 셀카 사진'을 찍 으면 기분이 안 좋다가도 금세 기분이 좋아진다. 감사, 칭찬, 미소 로 인해 긍정 마인드가 습관으로 장착되었다.

처음 수강생들과 30일 동안 이 활동을 함께했을 때 수강생들은 어색하고 부끄러워했다. 한 번도 미소 셀카 사진을 찍어 보지 못한 수강생들도 있었다. 부자연스럽게 웃는 자신의 얼굴을 보면서 '그동안 많이 웃지 않고 살았구나.' 라는 생각이 들었다고 한다. 이 활동이 습관이 되면 자연스럽게 활짝 웃으며 사진을 찍게 된다. 매일 이빨을 보이며 사진을 찍었을 뿐인데 표정이 밝아지고 인상이 달라진다. 수강생분들 중 한 분은 회사에서 인간관계가 더 좋아지고 부정적인 감정이 생기지 않는다고 하셨다. 긍정 확언문을 읽고 출근을 하면 하루가 즐겁고 활기차다고 하셨다. 나는 긍정 마인드 습관을 한 지 3년이 넘었다. 긍정 마인드 습관 덕분에 나는 그동안 많은 성과를 이뤄 냈다. 한 가지를 하더라도 꾸준하게 하는 것이 중요하다. 30일 온라인 코칭이라고 해서 30일만 하는 것이 아니라 평생 나만의 습관으로 만들어야 한다. 습관을 바꾸기까지 많은 노력이 필요하다.

우리 뇌는 평소 편하고 익숙한 일들을 계속 반복하기를 원한다. 그래서 새해에 결심했던 일들이 작심삼일로 흐지부지되는 것이다.

런던대학교 필리파 랠리(Phillippa Lally) 박사팀의 연구에 따르면 새로운 행동에 대한 거부감이 사라지는 데 평균 21일이 걸린다고 한다. 그리고 완전한 습관으로 만들어지는 시간은 66일이면 된다고 한다. 30일 온라인 코칭이 끝나면 거부감과 어색함이 없어진다. 그래서 30일 이후부터 66일까지는 혼자서 계속 이어 나갈 수 있다. 습관은 한번 만들어 놓으면 스스로 쉽게 관리할 수 있다. 뇌의 방어 본능을 이기기 위해서 갑자기 습관을 만들어서는 안 된다. 조금씩 변화를 줘야 한다. 짧은 시간에 쉽게 할 수 있는 작은 습관들을 지속적으로 해야 한다. 작은 일들을 해냈을 때 성취감이 차곡차곡 쌓이게 될 것이다. 자기암시 확언문, 감사일기, 칭찬일기, 미소 셀카 사진은 5분도 걸리지 않는다. 나는 긍정 마인드 습관을 '자신을 사랑하는 시간'이라고 부른다. 하루에 나를 생각하고 나를 사랑해 주는 시간이 5분도 없다면 내가 왜 사는지 생각해 봐야 한다.

성공하는 사람에겐 성공 습관이 있고, 실패하는 사람에겐 실패 습관이 있다. 성공하는 사람들의 공통점은 작은 습관들을 꾸준히 반복하면서 성공을 이뤄 냈다는 점이다. 긍정 마인드 습관을 매일 반복하면 성취가 되고 큰 성공이 된다. 많은 수강생들이 긍정 마인드 습관을 꾸준히 실천하면서 삶의 변화를 느꼈고 무엇보다 자존감과 자신감이 상승했다. 자존감과 자신감은 발표불안을 극복하기 위해서 없어서는 안 될 중요한 부분이다. 그래서 나는 수업과 온라인 코칭을 병행한다. 끈기를 가지고 열정을 다한다면 못 할 이유가 없다. 시간이 없어서, 바빠서 못 한다는 것은 그냥 하기 싫다는 소리다. 발표불안을 극복하고 싶다면 나를 사랑하는 시간을 꼭 갖기를 바란다.

다음은 내가 매일 아침 일어나 외치는 긍정 확언 문장들이다. 확언을 하게 되면 긍정에너지가 내 삶에 채워질 것이다. 긍정적으로 활기차게 살기를 원한다면 나를 믿고 매일 큰 소리로 외치면서 하루를 시작해 보길 바란다. 자기만의 긍정 확언문을 만들어서 사용해도 좋다.

주의할 점은 글자만 읽는 것이 아니라 그대로 이루어진다는 믿음으로 느끼면서 읽어야 한다는 점이다. 나의 생각과 말이 내 미래가 된다는 것을 꼭 기억하길 바란다.

- 긍정 확언문

오늘은 내 생애 최고의 날이다.

오늘은 특별한 하루가 될 것이다.

오늘은 나에게 기적이 일어난다.

나는 내 삶에 감사하다.

나는 행복하다.

나는 무엇을 하든지 운이 좋다.

나는 나를 진심으로 사랑한다.

나는 나를 믿는다.

나는 소중하고 특별하다

나는 에너지가 넘친다.

나는 열정이 넘친다.

나는 긍정적이다

나는 무엇이든 할 수 있는 용기가 있다.

나는 모든 것을 해낼 수 있는 능력이 있다.

나는 무한한 가능성을 가지고 있다.

나는 하는 일마다 쉽게 잘 풀린다.

나는 모든 면에서 점점 좋아지고 있다.

내 인생은 내가 원하는 방향으로 흘러가고 있다.

나는 내가 좋아하는 일을 하며 풍요롭게 살아간다.

나는 돈을 끌어당기는 자석이다.

나는 행복한 부자이다.

나는 반드시 성공한다.

나는 오늘도 신나는 하루 행복한 하루를 보낼 것이다.

18. 동기부여 영상과 책을 탐하라

많은 사람들이 자신을 독려하고 의지에 힘을 보태기 위해서 동기부여 강연을 보거나 책을 읽는다. 나도 그중 한 사람이다. 자기계발에 도움이 되는 강연이나 책들은 긍정적인 생각과 행동을 하게 한다. 긍정적인 생각은 자연스럽게 좋은 일로 연결이 된다. 강연이나 책을 통해 힘과 용기를 받다 보면 힘든 일도 가볍게 느껴진다.

나는 아침에 일어나 책을 읽고 계단 운동을 하면서 동기부여 영상을 듣는다. 계단을 오르는 것에만 집중하면 힘이 부친다. 그럴 때 동기부여 강연을 들으면서 오르면 좋은 에너지가 온몸에 차오른다. 내가 자주 듣는 강연은 세바시(세상을 바꾸는 시간, 15분), TED, 법륜 스님의 즉문즉설이다.

발표불안이 있는 사람들에게 필요한 것은 동기부여 강연과 책이다. 자기보다 힘들고 자존감이 부족한 사람들이 끈기와 신념으로 성공한 모습을 볼 때 '나도 할 수 있겠구나.'라는 동기부여를 받는다. 발표불안을 극복하기 위해서는 변하려는 의지가 필요하다. 아무리 옆에서 옳은 소리를 해도 자신이 변하고자 하는 의지가 없으면 소귀에 경 읽기가 된다.

동기부여 영상과 책 덕분에 나는 발표불안을 극복하고 그 힘든 시간을 포기하지 않을 수 있었다. 그중 솔개에 대한 우화는 내가 힘들고 지칠 때마다 내 마음을 단단하게 해 주었다.

솔개는 적게는 30~40세, 많게는 80세까지 산다. 솔개는 40살이 될 때까지 사냥을 한다. 그동안 부리는 길어지고 점점 안으로 말려들어 가서 먹이를 잘 쫄 수 없게 되고, 발톱도 약해져서 부러지게 된다. 날개털은 볼품없이 떨어져 나가 나는 것조차 힘들다. 사람으로 치면 죽음을 앞둔 병든 노인과 같다. 이 상태에서 생을 포기하느냐 다시 새롭게 도약하느냐에 따라 솔개의 수명이 좌우된다. 더 오랜 생을 꿈꾸는 새는 높은 바위산에 올라가 자신의 부리를 깨뜨려 새 부리를 나오게 한다. 그다음 부리로 발톱과 날개를 하나하나 뽑는다. 얼마나 고통스럽겠는가. 솔개는 다시 태어나서 새롭게 세상을 날고 싶은 한 가지 마음뿐이었을 것이다.

고통을 이겨 내고 나면 새롭게 태어나 더 오래 살 수 있다는 것을 솔개는 알고 있었다. 하나의 우화(寓話)이지만 나에게 큰 메시지를 남겨 주었다. 자신이 약하고 부족해 보인다고 해서 아무것도 하지 않고 현실에 안주하며 살지 않았으면 좋겠다. 솔개가 또 다른 삶을 꿈을 꾸기 위해 고통을 감수해 가며 새롭게 태어난 것처럼 힘들고 고통스러운 상황을 깨부술 수 있는 용기가 필요하다.

발표불안이 있는 사람들에게 필요한 것은 불안을 깨부술 수 있는 용기이다. 자신을 바꾸는 일은 솔개가 부리를 깨부수고 발톱과 날개를 뽑는 일만큼 고통스러울 수 있다. 하지만 그 고통이 지나가면 언제 그랬냐며 웃으면서 당당하게 발표할 날이 올 것이다. 내가 그랬던 것처럼 말이다.

호박벌 이야기도 좋아하는 동기부여 영상 중 하나이다. 호박벌은 하루 수천 킬로미터를 날아다니는 곤충이다. 무려 2,000km 이상을 날아다니는 호박벌에게 특별한 비밀이 있다. 두툼한 몸통을 가지고 있는 반면에 날개는 가볍기 때문에 수천 킬로미터 이상을 날 수 있는 구조는 아니다. 그럼에도 불구하고 호박벌이 날 수 있는 이유는 무엇일까?

호박벌에 대해서 연구한 곤충학자들은 호박벌이 자신의 날개가 날 수 없는 구조라는 사실을 모른다고 했다. 호박벌은 일반적 날갯짓으로는 결코 날 수 없기 때문에 다른 벌들보다 수천수만 번의 날갯짓을 반복해야 한다. 그렇게 날갯짓을 하다 보니 날개 안쪽으로 근육이 만들어져 다른 작은 벌들보다 더 많은 꽃들을 접할 수 있는 힘을 가지게 된 것이다. 절대 날 수 없는 상황임에도 불구하고 자신의 한계를 뛰어넘는 호박벌 이야기를 통해서 스스로 할 수 없다고 한계선을 긋고 살아왔던 시간들을 반성했다. 수강생들 중에서도 '과연 내가 할 수 있을까.'라고 한계선을 그어 놓는 사람들이 있다.

내가 아무리 할 수 있다고 말을 해도 "선생님이니까 한 거죠.", "저는 못 해요."라고 말한다. 내가 심각한 발표불안 환자였다고 해도 믿지 않는다. 처음부터 자신이 할 수 없는 이유와 변명을 늘어놓는다. 사람들이 어떤 일을 하기 전부터 할 수 없다고 하는 이유는 자신이 실패했을 때, 부족하고 못나서 실패한 것이 아니라는 것을 보여 주기 위해서이다. 비겁한 변명으로 자신을 보호하고 있는 것이다. 호박벌처럼 다른 벌들이 날갯짓하는 것을 보고 "저 벌도 저렇게 나는데 나도 당연히 할 수 있지!"라는 마음으로 도전을 해야 한다. 선생님도 발표불안 환자였다는데 '나도 열심히 노력하면 선생님처럼 될 수 있겠다.'라는 마음을 갖고 호박벌처럼 수천수만 번 연습과 훈련을 해야 한다. 솔개가 자신을 바꾸기 위해 용기를 낸 것처럼, 호박벌이 자신의 한계를 뛰어넘어 날갯짓에 성공한 것처럼 변화를 위해 노력해야 한다.

변화하려고 노력하면 할수록 그만큼 저항이 생길 것이다. 다시 원래 상태로 되돌아가려는 관성의 힘 때문이다. 내 삶에 작용하는 관성의 법칙을 깨야 한다.

어떻게 하면 관성의 법칙을 따르지 않고 내 삶을 주도하면서 살 수 있을까.

방법은 간단하다. 매일 동기부여 영상이나 동기부여 책을 읽는 것이다. 누군가 나에게 힘을 주는 말을 매일 해 주면 좋겠지만 그런 상황이 아니라면 스스로 구하고 찾아야 한다. 늘 하던 것만 하면 늘 얻던 것만 얻게 된다.

'쉬워지기 전에는 모든 것이 어렵다.'라고 괴테가 말했던 것처럼 처음에는 잘 되지 않고 어렵게 느껴지지만 일단 습관이 만들어지면 쉬워진다.

『일본 최고의 대부호에게 배우는 돈을 부르는 말버릇』(미야모토 마유미 저, 비즈니스북스, 2018)이라는 책을 수강생들에게 추천해 준 적이 있다. 책 제목부터가 궁금하게 만드는 책이라 평생 책을 접하지 않았던 분들도 좋아했다. 책에서는 여러 가지 말버릇에 관해서 이야기한다. 자신이 하는 말이 모두 우주에 보내는 주문이므로 입에서 내뱉는 말을 주의해야 한다. 입 밖으로 내뱉는 말이 모두 이루어지기 때문에 무의식적으로 나오는 말에 신경을 써야 한다. 평소에 아무 생각 없이 썼던 말버릇이 우리의 인생을 좌우한다. 말은 그 사람의 생각이기 때문이다.

이제부터라도 긍정적인 말버릇으로 자신의 모습을 만들어 가야 한다. 발표불안을 극복하고 싶다면 '잘하고 있다.' 라는 행복 언어를 사용해야 한다. 나도 모르게 불행한 언어를 썼다면 빨리 그것을 의식하고 알아차리는 것이 중요하다. 발표할 때 실수를 했어도 "좋아질 거야, 너 좋아질 거야."라고 말을 하면 정말로 좋아지게 될 것이다. 탈무드에서 승자가 자주 쓰는 말은 '다시 한 번 해 보자.' 이고 패자가 즐겨 쓰는 말은 '해 봐야 별수 없다.' 라고 한다. 우리는 발표불안의 승자가 되기 위해서 '다시 한 번 해 보자!' 라는 마음을 가져야 한다.

이렇게 우리는 책과 동기부여 영상을 통해서 미래를 향해 나아갈 수 있는 원동력을 만들어 낸다. 또한 미래에 대한 불안감이 아닌 희망이 샘솟는다. 발표불안뿐 아니라 인생의 어려운 일들을 긍정적으로 변화시키고 싶다면 동기부여 영상과 책으로 마음 근육을 단단하게 하길 바란다.

19. 행동하라, 바로 지금!

'매도 먼저 맞는 놈이 낫다' 라는 말이 있다. 어차피 해야 할 일이라면 아무리 힘들고 괴롭더라도 먼저 하는 편이 낫다는 뜻이다. 스피치 수업 시간에 내가 자주 하는 말이기도 하다. 발표불안이 있는 사람들은 먼저 손을 들고 발표하기를 꺼린다. '어떻게 하면 발표를 하지 않을까.', '어떻게 하면 발표를 피할 수 있을까.' 만 생각한다.

그런 모습을 볼 때마다 처음 스피치 학원에 다녔을 때가 생각난다. 그때 나도 발표하기 싫어서 고개를 숙인 적이 있었다. 피할 수 없는 상황인 걸 알면서도 최대한 늦게 하고 싶었다. 마지막에 발표를 하면 자신의 차례가 올 때까지 계속 떨고 있어야 한다. 불안과 함께하는 시간만 길어질 뿐이다. 먼저 나가서 발표하면 잠깐 떨고 말 것이다.

"늦게 발표하면 할수록 떠는 시간이 길어집니다."라고 말을 하면 수강생들은 손을 들기 시작한다.

"선생님 저 먼저 할래요."

"너무 떨려서 먼저 하는 게 좋겠어요."

수강생들은 불안을 빨리 떨쳐 내고 싶어 했다. 떨면서 발표는 했지만 손을 든 용기에 박수를 쳐 주었다.

"다른 스피치 수업을 들었지만 거기선 무서워서 발표를 하지 않았어요."

"오늘 손 들고 발표한 제가 너무 놀라워요, 선생님."

손을 들고 발표한 자신의 변화에 놀란 듯했다. 발표불안을 극복하고 싶다면 용기를 내야 한다. 용기는 행동으로 이어진다. 행동하지 않으면 아무 소용없다. 아무리 경력이 많고 유명한 강사가 와서 수업을 한다고 해도 발표불안은 없어지지 않는다. 강사가 직접 발표불안을 해결해 줄 수는 없다. 강사는 발표불안을 어떻게 하면 극복할 수 있는지 방법을 알려 주고 쉽게 가는 길로 안내해 줄 뿐이다. 한 걸음씩 발을 떼야 하는 사람은 자기 자신이다. 실천이 답이다. 살을 빼기 위해서 헬스장만 간다고 해서 절대 살이 빠질 수 없다. 스스로 운동을 하고 식이 요법을 해야 살이 빠지고 건강한 몸을 만들 수 있다. 발표불안도 마찬가지다. 스스로 용기 있게 행동해야 한다.

"아무것도 하지 않고 무슨 불만이 그리 많은가. 일단 작은 일이라도 해 보고 나서 말해도 늦지 않다. 먼저 행동으로 옮기고 나서 말하라." 할리우드 거장인 스티븐 스필버그(Steven Spielberg) 감독이 한 말이다. 새로운 도전 앞에서 두렵고 무서운 이유는 실패할 것 같은 부정적인 감정 때문이다. '안 되면 어떡하지?', '극복하지 못하면 어떡하지? 라는 생각이 발목을 붙잡는 요인이 된다. 어떤 일을 할 때 부정적인 감정이 들고 망설여지더라도 시도해 봐야 한다. 수많은 시도를 통해서 실패를 경험하게 되면 성공하는 방법을 터득하게 된다.

테드 올랜드(Ted Orland)와 데이비드 베일즈(David Bayles)의 저서 『예술가여, 무엇이 두려운가!(Art & Fear)』(2012, 루비박스)에 실린 어느 도자기 공예 강사의 실험 이야기가 있다.

공예 강사는 도자기 50개를 만든 학생들에게는 A를 주고 40개를 만든 학생들에게는 B를 준다고 했다. 또 다른 학생들에게는 자신이 만든 작품 중에서 최고로 잘 만든 작품 하나만 점수를 받게 될 것이라고 말했다. 한 그룹은 양으로 평가를 하고 또 다른 그룹은 질로 평가를 한다는 것이다. 실험이 끝나고 흥미로운 사실을 발견했다. 양 중심으로 도자기를 만든 학생들의 도자기가 질 중심으로 만든 학생들보다 도자기의 작품성이 더 우수했던 것이다.

양 중심의 과제를 받은 학생들은 더 많은 작품을 제출하기 위해 수없이 도자기를 빚었다. 수없이 흙을 만지고 실수를 하면서 도자기 굽는 것에 능숙해진 것이다. 실수와 실패에 대한 두려움보다 많은 도자기를 구워 내야 한다는 빠른 행동이 좋은 성과를 만들었다.

반면에 질 중심으로 도자기를 만든 학생들은 제출할 시간까지 몇 점도 완성하지 못했다. 이유는 실수와 실패를 하지 않고 완벽한 도자기를 만들기 위해 시간만 허비했기 때문이다. 이 이야기를 통해서 실패를 하더라도 먼저 행동하는 것이 성공에 이르는 길이라는 것을 알게 됐다.

발표불안을 극복하는 것도 행동이 먼저 우선시되어야 한다. 실패가 두려워서 머뭇거리는 것은 극복하는 데 아무런 도움을 주지 못한다.

수업이 끝나고 수강생 한 분에게서 전화가 걸려왔다.

"선생님 제가 잘할 수 있을까요?"

"못하면 어쩌죠!"

"발표불안을 극복하고 싶은데 잘 안 돼요."

떨리는 목소리로 고민을 털어놓았다. 이제 막 수업이 진행되고 있는 상태인데 미리 겁을 먹고 실패할 자신의 모습을 걱정하고 있었다.

"걱정하지 마시고 조급해하지 마세요."

"안 되면 어떡하지, 라는 부정적인 생각을 하시면 안 돼요."

라고 말해 주었다. 자신이 생각하고 말한 것이 그대로 현실이 된다. 시도와 노력도 해 보지도 않고 미리 걱정하는 것은 행동하는 데 방해가 된다. 흔들리지 않고 앞으로 나아가기 위해서는 신념이 필요하다. 주변 사람들이 불가능하다고 제동을 걸어도 '할 수 있다.' 는 확고한 신념을 가진다면 불가능한 일은 없을 것이다.

시작이 반이라는 말이 있다. '해야 되는데' 라고 생각만 한다고 해서 시작이 반이 되지 않는다. 책 쓰기를 하고 싶으면 강의를 먼저 등록하는 것이 시작의 반이고 살을 빼고 싶으면 아침 일찍 일어나 밖에 나가는 것이 시작의 반이다. 발표불안을 극복하고 싶다면 스피치 학원에 먼저 등록하는 것이 시작의 반이 되는 것이다.

3년 전, 친한 동생과 밥을 먹다가 말이 끝나기도 무섭게 행동했던 사건이 있었다.

"언니! 나 스피치를 배우고 싶은데 김성희 대표님께 배우고 싶어." 라고 말을 꺼냈다. 나는 동생의 말이 끝나자마자, "하자! 지금 당장!"이라고 말했다. 고민하면 머리만 아프다고 했다. 나는 김성희 대표님께 전화를 걸어서 바로 등록을 했다. 그렇게 바로 행동했던 것이 지금의 나를 스피치 강사로 만들어 주었다. 지금 할까, 말까 고민하고 있는 것이 있다면 이것저것 재단하지 말고 바로 행동하길 바란다.

모든 사람이 안 될 거라고 했을 때 "해 보기나 했어?"라고 말했던 정주영 회장님의 말처럼 해 보고 나서 안 된다고 말을 했으면 좋겠다. 세상엔 어려운 일이란 없다. 어렵다고 생각하는 내 생각만 있을 뿐이다. 사람은 생각으로 사는 것이 아니라 행동으로 살아간다. 몸과 마음을 일치시켜 최선을 다해 준비하고 실행하길 바란다. 바로 지금!

20. 입이 닳도록 연습하라

"선생님 어떻게 하면 떨지 않고 말을 잘할 수 있을까요?"

많은 수강생들이 빠지지 않고 나에게 묻는 질문 중 하나이다. 내 입에서 특별한 처방이 나오진 않을까 큰 기대를 가지고 물어본다.

"연습 부족이에요."

이렇게 간단하게 말하면 수강생들은 실망하는 기색이 역력하다. 수강생들은 '누가 그걸 몰라서 묻나!' 하는 표정으로 어이없이 쳐다본다. 한 번도 소리 내서 원고를 읽지 않고 눈으로, 마음속으로만 읽어서 발표를 잘하기를 바라는 건 도둑놈 심보다. 노력도 하지 않고 잘하려고 하면 무대에서 100% 떤다. 발표불안을 극복하기 위해서 원고가 입에 달라붙도록 연습해야 한다.

2018년 평창올림픽 유치의 일등 공신인 나승연 대표는 100번을 연습해야 내 것이 되고, 완벽한 프레젠테이션을 할 수 있다고 말했다. 발표를 성공적으로 하는 사람들은 자신감뿐 아니라 청중과의 교감도 뛰어나다. 이 사람들은 준비와 연습을 통해서 성공적인 발표를 해낸 사람들이다. 사람들은 대부분 발표 전날까지 파워포인트 작업을 하고 이를 수정하는 데 90%의 시간을 쓰고, 나머지 10%의 시간 동안만 연습을 한다. 이렇게 하면 다음 날 피곤한 모습으로 청중 앞에 서게 되고 예상치 못한 상황이 오면 머릿속이 하얘진다. 떨지 않고 자신감 있게 청중 앞에서 발표하기 위해서 연습의 양을 늘리고 파워포인트 작업을 줄여야 한다. 연습할 때는 큰 소리로 말해야 한다. 내가 하는 말을 내 귀로 듣고 잘못된 부분은 수정하고 고쳐 나가야 한다. 그렇게 원고가 다듬어져야 자연스러운 발표가 된다.

스피치 수업 시간에 과제를 발표하는 시간이 있다. 매주 주제를 주고 3분 스피치를 준비해 오라고 한다. 원고를 작성하고 연습하는 시간은 일주일이다. 그런데 수업 당일에 원고를 쓰거나, 원고를 보면서 발표하는 사람들이 있다. 원고도 준비하지도 않고 연습도 하지 않으면서 떨려 죽겠다고 말한다. 자신이 왜 떨리는지 답이 뻔히 보이는데도 "왜 떨리죠?"라고 질문을 한다.

준비와 연습이 부족하면 심리적으로 자신감이 떨어진다. 자신감이 없으면 남 앞에서 당연히 자신 있게 말할 수 없다. 애플의 CEO였던 스티브 잡스(Steve Jobs)는 프레젠테이션의 달인으로 유명했다. 스티브 잡스의 프레젠테이션은 청중을 집중시키고 호감을 이끌어 내는 힘이 있다. 애플의 신제품보다 스티브 잡스의 프레젠테이션에 더 관심을 가지는 사람들이 많다.

스티브 잡스는 재능과 능력만으로 프레젠테이션의 달인이 되었을까?

실제로 스티브 잡스는 하나의 프레젠테이션을 위해서 500시간을 연습했다고 한다. 이런 명사들도 엄청난 노력과 연습으로 무대에 오른다. 이렇게 연습을 해도 긴장을 하는데 수업 당일에 원고를 쓰고, 눈으로 대충 읽고 발표를 하면 어떻게 될까. 당연히 발표불안이 생길 수밖에 없다. 스피치 학원을 다닌다고 하루아침에 발표불안이 해결될 수 없다. 자신이 얼마만큼 노력하고 연습하느냐에 따라 달라진다. 연습을 하지 않으면 무슨 말을 해야 할지 모른다. 그래서 머릿속이 하얘지고 '멘붕' 상태에 빠진다. 빨리 발표를 끝내고 싶은 마음에 말을 두서없이 대충 하게 된다. 충분히 연습하지 않고 '잘해야지! 떨지 말아야지!'라고 하는 건 힘 안 들이고 쉽게 성공하고 싶은 욕심이다. 노력하지 않는 자는 어떤 좋은 결실도 맺기 힘들다.

자신이 발표를 하기 전에 몇 번이나 연습을 하고 무대에 섰는지 생각해 봤으면 좋겠다. 소리 내서 수없이 연습하지 않고 눈으로 한두 번 읽고 무대에 올라갔다면 반성해야 한다.

19세기 미국의 정치가이자 언론인 다니엘 웹스터(Daniel Webster)는 "준비 없이 다른 사람 앞에 나서는 것은 반나체로 서는 것과 같다."라고 말했다. 남들 앞에서 벌거벗고 말을 한다면 얼마나 부끄럽고 수치스러운 일인가. 준비된 사람만이 무대에서 당당하게 말할 수 있다.

나는 발표하기 전에 미리 연습하는 시간을 준다. 입으로 말을 내뱉으라고 해도 다른 사람 눈치를 보며 눈으로 읽거나 작은 소리로 웅얼거린다. 자신감은 큰 소리를 내야 생긴다. 입 밖으로 내뱉지 않으면 실제로 발표했을 때 실수를 하게 된다. 실수를 하게 되면 긴장하게 되고 떨릴 수밖에 없다. 입에서 말이 저절로 튀어나올 정도로 연습해야 한다.

첫 강연을 했을 때 발표 경험이 없다 보니 원고를 암기 과목 외우둣이 연습했다. 그러다 보니 말이 이어지지 않고 부자연스럽게 끊겼다. 온통 그다음이 "뭐였지?"라는 생각뿐이었다. 원고에 의존하면 국어책을 읽는 것처럼 딱딱하고 건조한 발표가 된다. 연습을 할 때는 원고를 소리 내면서 읽어야 전체적인 내용의 흐름을 파악할 수 있다. 그리고 내용에서 핵심이 되는 키워드를 찾아서 종이에 쓴다. 핵심 키워드를 보면서 다시 한 번 큰 소리로 입에 붙을 때까지 연습을 해야 한다. 어느 정도 내용의 흐름이 파악되고 원고가 입에 붙게 되면 감정과 제스처 연습을 하면 된다. 청중에게 공감과 감동을 주기 위해서는 감정을 담아서 제스처를 해야 한다. 국어책 읽듯이, 웅변하듯이 발표를 하면 청중은 공감은커녕 차가운 시선으로 바라볼 것이다.

발표는 일방적인 정보 전달이 아니라 쌍방이 소통하는 공감 전달이다. 소통 없이 일방적으로 전달하니까 떨리고 긴장하는 것이다. 사람들이 내 이야기에 고개를 끄덕여 주고 공감해 주면 자신감이 생긴다. 이 모든 것들은 충분한 연습을 통해서만 가능하다. 나는 첫 강연 때 이와 같은 방법으로 매일 입이 닳도록 연습했다. 감정을 너무 실어서 복받쳐 우는 날도 많았다. 연습은 실전처럼 해야한다. 그래야 연습한 그대로 실전에서 나타난다. 혼자 연습을 하고 난 후에 가족이나 친구 앞에서 연습해 보는 것도 좋은 방법이다. 미리 청중의 반응을 알 수 있고 피드백을 받아서 즉시 수정하고 다듬을 수 있다. 나는 남편과 아이들 앞에서 리허설을 자주 했다. 가족이 더 냉정한 평가를 한다는 것을 그때 알게 됐다.

이렇게 연습을 했는데도 떨려서 죽을 것 같다면 심리적인 상담이 필요하지만 거의 대부분은 발표불안이 해결된다.

연습은 노력이다. 얼마만큼 시간을 투자해서 노력하느냐에 따라 발표불안에서 자유로워질 수 있다. 노력하지 않고 가만히 앉아서 고개만 끄덕여서는 안 된다. '이번에 안 되면 다음에 하자.' 라는 생각이라면 다음에도 절대 못 한다. 지금 꼭 극복해 보겠다고 마음을 먹었다면 포기하지 말고 될 때까지 연습했으면 좋겠다.

21. 강철멘탈을 장착하라

몇 달 전 부산에서 강의역량 강화교육이 있었다. 좋아하는 지역인 부산을 간다는 생각과 그곳에서 새로운 것을 배운다는 생각에 기대가 되었다. 새벽 기차를 타고 부산을 가야 했기 때문에 두 아이를 세종시에 사는 아가씨 집에 맡겼다. 2시간 넘게 기차를 타고 전철을 타서 교육원 근처에 도착했다. 정확한 위치를 몰라서 교육 관계자에게 전화를 걸었다.

"오늘 교육받는 사람인데 위치가 어떻게 돼요?"

"어머! 어떡해요! 교육이 폐강됐는데 연락을 못 받으셨어요? 전화나 문자로 통보가 갔을 텐데요."

문자 확인을 잘 하지 않아서 폐강됐다는 소식을 보지 못했다. 당연히 수업이 진행될 거라는 생각에 확인해 보지 않았다. 순간 머릿속이 하얘지기 시작했다. 돈과 시간을 써 가며 대전에서 부산까지 내가 어떻게 왔는데 폐강이라니. '멘붕이 온다는 말을 이럴 때 쓰는구나.'라고 생각했다. 시간이 지날수록 멘탈이 산산조각이 나고 점점 억울함과 분노가 밀려오기 시작했다. 남을 원망하기 시작하니 끝도 없이 화가 치밀어 올랐다. 그러다가 순간 화내고 있는 내 모습을 객관적으로 바라보게 되었다.

"내 탓이야."
"문자 확인 안 한 내 탓이지."

다른 사람의 탓이 아닌 내 탓으로 생각하니 마음이 점점 누그러지기 시작했다. 집 나간 멘탈도 다시 돌아오고 '유리멘탈'이 '강철멘탈'로 바뀌기 시작했다. 생각 하나 바꿨을 뿐인데 다시 멘탈이 회복되었다. 이날 실수를 통해서 하지 말아야 할 것과 해야 할 것을 배웠다.

내 의지와는 상관없이 우리는 멘탈이 붕괴되는 날이 자주 찾아온다. 이때 자신의 멘탈을 꽉 붙잡지 않고 있으면 유리처럼 쉽게 깨져 버린다. 일이 잘 풀리지 않거나 하는 일이 생각처럼 잘되지 않을 때 '내가 그러면 그렇지.' 하고 쉽게 포기해 버리는 경우가 있다. 멘탈이 단단하게 박혀 있으면 어떤 어려움이 있어도 쉽게 흔들리지 않는다. 남들 말에 쉽게 무너지지도 않고 칭찬에 붕 떠서 좋아하지도 않는다. 나를 믿고 나를 중심에 세우자. 멘탈이 강한 사람들은 자신감이 넘친다. 외부 환경으로 흔들리는 법이 없다. 설령 흔들리고 무너지더라도 '회복 탄력성'이 뛰어나다. 용수철처럼 바닥을 짚고 튕겨 오른다. 자존감이 바닥을 치는 일이 거의 없다. 발표불안을 극복하기 위해서는 멘탈을 강화해야 한다. 어떤 상황에서도 자신을 믿고 앞으로 나아갈 수 있는 힘을 기른다면 우리는 발표불안에서 자유로워질 것이다.

나는 처음부터 멘탈이 강한 사람이 아니었다. 상대방의 말 한마디에 쉽게 무너지고 좌절하는 사람이었다. 힘들고 괴로운 상황이 오면 내 탓으로 돌리기보다 환경과 남을 탓하면서 살아왔다. 남 탓하는 삶을 살다 보니 되는 일이 없었다. 삶이 고달파서 도망치듯 결혼을 선택했다. 결혼을 하면 인생이 달라질 것만 같았다. 하지만 결혼은 현실이었고 결혼 전보다 더 우울하고 외로웠다. 마음이 바뀌지 않으면 꽃길도 가시밭길처럼 느껴진다. 결혼을 하고 연년생

두 아이를 키우면서 심신이 지쳐 갔다. 멘탈이 쉽게 부서지고 깨지는 날이 많았다. 극복하는 방법도 몰랐고, 극복하려는 의지도 없었다. 무조건 환경이 달라져야 내 인생이 달라질 거라고 생각했다.

멘탈은 언제 강해질까.

멘탈이 강해지는 상황은 시련과 역경을 견디고 나서 생긴다. 극한 상황에서 정신력으로 버텨 낼 때 단단한 강철멘탈로 바뀌게 된다. 유리멘탈이었던 내가 강철멘탈로 바뀐 사건이 있었다.

3년 전에 둘째 아이가 아파서 3개월 정도 서울어린이병원에 입원한 적이 있었다. 아이는 하루에도 수십 번 경련을 했다. 항경련제를 강하게 써도 멈추지 않았다. 지옥이 있다면 바로 여기구나, 라는 생각이 들었다. 병원 다인실에서 생활하다 보니 한 번도 깊은 잠을 자 본 적이 없었다. 아이에게 한시도 눈을 뗄 수 없는 상황이었지만 이런 상황 속에서 나는 책을 읽고 글을 쓰면서 시간을 보냈다. 멘탈이 무너지면 아이를 지키지 못할 것 같았다.

내가 절망하고 포기하면 아이도 자신의 병을 이겨 내지 못할 것 같았다. 매일 나을 수 있다는 희망을 버리지 않았다. 고통스러운 상황 속에서 괜찮아질 것이라고 나에게 위로하며 용기를 주었다. 점점 내 멘탈은 단단해지고 있었다. 아이가 병원에서 퇴원할 때쯤

내 멘탈은 강철멘탈로 변해 있었다.

쉽게 무너지고 깨졌던 멘탈도 어려운 상황을 극복하는 과정에서 강하게 만들 수 있다. 상황이 나를 만드는 것이 아니라 그 일을 어떻게 바라보느냐에 따라 상황이 달라진다. 내 생각과 관점이 상황을 바꿀 수 있다는 말이다.

발표불안도 마찬가지이다. 대부분 사람들은 불안한 상황을 쉽게 받아들이지 못하고 회피해 버린다. '이 상황만 피하면 되겠지.'라고 생각하는 순간 마음은 편할지 몰라도 시간이 지나면 더 불편한 마음이 쌓인다. 수업 날만 되면 아프다고 하는 사람들, 수업 날만 되면 일이 생기는 사람들이 있다. 한두 번은 그럴 수 있다고 생각하지만 똑같은 변명으로 수업을 빠지면 양치기 소년처럼 느껴진다. 어떤 상황이 닥쳐도 간절한 마음으로 멘탈을 강하게 만들어야 한다.

성공한 사람들을 보면 쉽게 그 자리에 올라간 것 같지만 그 과정은 누구보다 치열하고 힘들었다. 발표불안을 극복하고 싶다면 멘탈을 강하게 만들기 위해서 노력해야 한다.

그렇다면 멘탈이 무너졌을 때 어떤 노력을 해야 할까. 먼저 멘탈의 기본인 '생각'부터 바꿔야 한다. 우리 머릿속에 지나가는 80%의 생각은 부정적인 생각이라고 한다. 부정적인 생각을 계속해서 재생하고 기억하며 살게 되면 우리의 멘탈은 모래성처럼 무너지기 쉽다. 만약 부정적인 생각으로 가득 찼다면 빠르게 그 생각과 감정을 관찰자 입장에서 바라보는 자기 인식이 필요하다. 내가 무슨 생각을 하는지 인식하는 것이 중요하다는 말이다. 부정적인 생각이 드는 것을 알아차렸다면 바로 "멈춰!"라고 외쳐 보자. "멈춰!"라고 외친다는 것은 부정적인 생각을 하고 있는 나를 알아차렸다는 것이다. 조금이라도 부정적인 생각이 들어오지 못하도록 막아야 한다. 스스로에게 "그래도 넌 충분히 괜찮은 사람이야."라고 말해 주자. 그리고 멘탈을 강하게 만들기 위해서 내가 발표불안을 왜 극복하려고 하는지, 내 삶에서 발표는 어떤 의미인지, 극복해서 무엇을 하고 싶은지, 계속해서 질문을 던져야 한다.

마지막으로 멘탈을 강하게 만드는 방법은 일어날 일에 대해서 마음을 열어 두는 방법이다. 실패에 대한 두려움에 쉽게 좌절되지 않기 위해서 '실패할 수도 있다.'라는 반대의 문을 열어 두자. 그러면 실패를 했을 때 크게 멘탈이 약해지지 않는다.

내 이야기를 잠깐 하자면, 아이가 아프지 않고 건강하게 지냈으면 좋겠지만 다시 쓰러질 수 있다는 마음을 항상 열어 두며 살았기 때문에 멘탈이 쉽게 무너지지 않는다. 문제를 문제로 보지 않고 걱정을 걱정으로 보지 않는다. '걱정을 해서 걱정이 없어진다면 걱정할 일이 없겠네.'라는 티베트 속담처럼 걱정해도 소용이 없다. 걱정을 하든 안 하든 일어날 일은 반드시 일어나고 일어나지 않을 일은 절대로 일어나지 않는다.

지금 무너진 멘탈 때문에 힘들어하고 있다면 부정적인 생각을 버리고 '괜찮아. 다 잘될 거야.', '반드시 좋아질 거야.', '나는 발표불안을 극복할 수 있어.' 라고 크게 외쳐 보자. 반드시 어떤 두려움도 이겨 낼 수 있을 것이다.

제3장

당당한
삶을 위하여

제
3
장

당당한 삶을 위하여

● ● ● ● ●

1. 할 수 있다는 용기

발표라는 말만 들어도 심장이 벌렁거려서 죽을 것 같았다. 사람들이 모여 있으면 두렵고 무서웠다. 남들 보기에는 항상 밝고 자신감이 넘쳐 보였지만 사실은 내면을 가리기 위해 가면을 쓰고 다녔다. 나의 부족한 면을 다른 사람이 알게 될까 봐 노심초사하며 지냈다. 불안이라는 놈은 내 마음속에서 방을 빼지 않고 눌러 살았다. 낯선 장소나 낯선 사람들이 있는 곳에서는 더 경계 태세였다.

발표불안만 해결이 되면 세상 무서울 것이 없을 것이라고 생각했다. 애 낳는 것이 세상에서 가장 큰 고통이라고 말하는 사람들이 있다. 나는 두 아이를 낳았지만, 애 낳는 고통보다 더 큰 고통은 남들 앞에서 말하는 것이었다. 결혼을 하고 아이들을 키우면서 남들 앞에서 말할 상황은 오지 않으리라고 생각했다. 그런데 유치원 학부모 모임이나 에어로빅 모임 등에서 자기소개라는 피할 수 없는 상황이 오기도 했다. 이제 스피치는 우리 삶에서 꼭 필요한 부분이 되어 버렸다.

지인은 발표불안이 너무 심해서 회사를 그만두고 싶을 만큼 스트레스를 받고 있었다. 회의 때마다 높은 사람들 앞에서 발표를 하는 것이 죽고 싶을 만큼 싫었다고 한다. 아프다는 핑계나 길이 막혀서 늦을 것 같다는 말은 이제는 통하지 않는다고 했다. 나도 회사에 다닐 때 비슷한 경험을 했기 때문에 그 심정을 누구보다 이해할 수 있었다.

발표불안은 100명 가운데 90명 이상이 겪는 현상이다. 다들 나보다 잘하는 것 같지만 거의 대부분 긴장하고 불안해하고 있다. 아닌 척할 뿐이다. 발표 때문에 모임을 안 갈 수도 없고 회사를 그만둘 수도 없는 노릇이다. 피하고 숨는다고 해서 해결될 일은 절대 아니다. 산속에 들어가 혼자 산다고 해도 〈나는 자연인이다〉라는 프로그램에서 촬영을 나올 수도 있다. 그러니 숨지 말고 피하지 말

자. 숨고 피하면 그 순간은 편하겠지만 오랫동안 자책감과 수치심 때문에 스스로를 비난하게 될 것이다.

수강생들은 빨리 발표불안을 극복해서 편안하게 발표하고 싶다고 했다. 이들은 발표할 때 떨리고 긴장되는 것을 긍정적인 느낌이 아닌 부정적인 느낌으로 생각한다. 불안은 나쁜 것이니 절대 내 삶에 들어오면 안 되는 것으로 생각한다. 불안과 긴장은 정말 나쁜 것일까? 우리는 마음속에 38선을 그어 놓고 불안은 '나쁜 것', 불안하지 않고 편안한 것은 '좋은 것'이라고 생각하는 경향이 있다. 불안, 긴장은 우리에게 없어서는 안 되는 소중한 감정 가운데 하나이다.

우리 뇌에는 감정과 기억을 담당하는 '편도체'라는 부위가 있다. 편도체는 귀 안쪽에 아몬드 모양처럼 있다고 해서 '아미그달라 amygdala'라는 이름이 붙었다. 이곳에서 우리의 불안과 긴장을 조절한다. 만약 이곳이 손상되면 어떻게 될까? 우리가 그렇게 바라던 발표불안은 사라지게 될 것이다. 하지만 불안과 긴장이 없는 삶은 우리를 무모한 삶으로 이끈다.

발표하기 직전에 심장이 떨리고 손에서 땀이 날 정도로 긴장이 된다면 자신의 증상을 객관적으로 바라보면서 당연한 것으로 받아들여야 한다. 받아들이지 않고 모르는 척하기 때문에 불안이라는 놈이 자신을 더 강하게 드러내는 것이다. 3년 전 문화센터에 강연을 하러 간 적이 있었다. 그날은 시작도 하기 전부터 평소보다 더 심장이 두근거렸다. 예전 같았으면 불안해하고 걱정을 했겠지만 그날은 내가 왜 떨고 있는지 이유를 찾기 시작했다.

"너 지금 떨려?", "너 지금 잘하려고 하는구나." 질문을 던지고 이유를 생각했다. 그날 나는 잘하려고 했었다. 잘하려고 하니까 실수하면 어떡하나 걱정이 된 것이다. 불안은 내 생각 때문에 생기는 것이다. 그렇다면 심장을 잠재울 수 있는 것도 내 생각으로 해결해야 한다.

"너 잘하고 싶구나!", "잘하지 않아도 괜찮아.
그냥 네가 준비한 만큼만 보여 주자.",
"사람들에게 어떻게 감동을 줄지 그것만 생각하자."

심장이 편안해질 때까지 계속해서 나에게 질문을 던지면서 말을 걸었다. 살살 아기 달래듯 토닥이다 보니 어느새 마음이 편안해졌다. 알아 달라고 신호를 보내면 외면하지 말아야 한다. 알면서도 모르는 척하지 말아야 한다. 받아들이고 인정하는 순간 마음이 편해질 것이다. 불안에 대해 이해하면 더는 불안이 무섭지 않을 것이다.

며칠 전 발표불안이 심하셨던 H 씨는 평소와는 다른 느낌으로 발표를 하셨다. 항상 떨린다며 자신 없어 하시던 모습은 찾아볼 수가 없었다.

"선생님! 여기에 오기 전까지 계속 저에게 주문을 걸면서 왔어요."
"무슨 주문을 했는데요?"
"'용기!' 라는 말을 100번 정도 계속해서 말했는데 효과가 있는 것 같아요."

발표할 때마다 자신감이 부족했고 사람들과 눈도 제대로 마주치지 못하셨던 분이셨다. 이제 사람들과 웃으면서 눈 맞춤을 하고 있다. H 씨를 지켜보는 내내 뿌듯함과 뭉클함이 뒤섞이는 오묘한 감정을 느꼈다.

불안을 받아들이고 이해하는 순간 H 씨처럼 용기 있게 발표할 수 있다. 발표불안을 극복하고 싶다면 부정적인 감정과 의심을 긍정적인 생각으로 바꿔 주는 습관을 길러야 한다. 생각도 습관이다. 항상 남들보다 부족하고 자신이 못났다고 생각해 온 습관이 지금의 발표불안을 만들었다. 긍정적으로 생각하는 습관이 생기면 저절로 발표불안도 해결된다.

너무 떨려서 불안하다면 '용기'라는 단어를 입으로 계속 말해 보자. 용기 안에는 할 수 있다는 의지가 함께한다.

물이 100℃가 되면 끓듯이, 우리도 용기를 가지고 열정을 끌어올릴 때 폭발적으로 변화되고 성장할 것이다. 그때가 바로 당신의 임계점이다. 임계점을 넘고 나면 어디서든 자신 있게 말할 수 있는 사람이 될 것이다. 가장 중요한 것은 당신도 할 수 있다는 용기를 갖는 것이다.

2. 잘하지 않아도 괜찮아

〈법륜 스님의 즉문즉설〉에서 완벽해지려고 하는 성격 때문에 스트레스를 받는다며 고민하는 남자의 사연을 봤다. 법륜 스님은 내적인 불안이 있기 때문이라고 하시며, 불안을 외적인 문제로 탓하지 말고 내적인 마음을 인정하고 바라보라고 하셨다. '불안하다.'라고 계속 생각하면 더 불안해진다고 하셨다. 약을 먹을 정도로 심하지 않은 것에 감사해야 편안해진다고 하셨다.

'완벽증'이 있는 사람은 발표할 때도 불안하다. 완벽하게 잘하려는 생각 때문에 긴장하고 떨린다. 잘하려고 하는 마음을 가지고 있으면 발표불안은 극복할 수가 없다. 발표를 잘했어도 만족하지 못한다. 잘하지 않아도 된다. 완벽해야 사랑을 받는 것이 아니다.

발표불안이 심했던 수강생 K 씨는 너무 긴장되고 떨려서 울면서 발표를 했다. 너무 안쓰러워서 도와주고 싶었다. 발표불안이 있는 사람들을 보면 '저 사람은 무슨 아픈 사연이 있을까.' 궁금해진다. 태어날 때부터 발표불안을 가지고 태어나지는 않았을 텐데 불안의 시작점이 어디였을까. 살면서 자신의 부정적인 발표 경험을 떠올려 보면 그 시작점을 알게 된다. K 씨는 어릴 때 부모의 이혼으로 친척 집에서 자랐다. 한곳에 있지 못하고 여러 친척 집을 옮겨 다니며 살았다. 그러다 보니 전학도 수시로 다녔다. 어느 곳도 정붙일 곳 없이 사랑받지 못한 유년 시절을 보냈다.

K 씨는 편안하지 않은 친척 집에서 눈치를 보며 살았을 것이다. 발표할 때 다른 사람의 눈치를 살피는 것은 어린 시절 불안한 경험이 무의식 속에 잠재되어 있다가 불쑥 튀어나왔기 때문이다. 아직 내면 깊은 곳에 눈치를 보던 어린 시절 그 내면아이가 살고 있다.

발표불안을 극복하기 위해서 내게 오는 수강생들은 대부분 사연이 많다. 무의식 속에 상처와 아픔 들이 각인되어 발표할 때마다 그들을 힘들게 한다. 우리는 조건적인 사랑이 아닌 무조건적인 사랑이 이루어질 때, 자신감 있고 당당하게 말할 수 있다. 내가 완벽하지 않고 부족해도 사랑해 줄 수 있는 곳에서 스피치 훈련을 해야 한다. 사랑받지 못한다는 생각이 들면 불안해지고 칭찬받기 위해서 잘하려고 노력한다. 완벽하게 해내야 사랑받는다고 생각하면 조금의 실수도 용납하지 않게 된다.

며칠 전 친한 동생이 집에 놀러 왔다. 동생은 '줌바'를 가르치는 강사이다. 발표불안이 있었던 동생은 사람들에게 춤을 가르치면서 불안증이 줄어들었다고 했다. 처음 강사로 나갔을 때 너무 긴장이 돼서 안무 순서도 잊어버리고 춤을 추다가 멈춘 적도 있었다고 한다. 지금은 틀려도 아닌 척 넘어가고 웃음으로 자연스럽게 상황을 넘긴다니 프로가 다 됐다.

"언니, 내가 틀리면 안 된다는 생각 때문에 불안증이
생긴 것 같아."
"내가 완벽주의 성향이 있는 것 같아."

동생은 초보 강사 시절에 왜 그렇게 떨리고 불안했는지 생각해 보면 너무 완벽하게 춤을 추려고 했기 때문이라고 했다. 자신에게 엄격하다 보니 조금의 실수도 용납이 되지 않았던 것이다. 이런 자신의 성향은 어린 시절 트라우마 때문이라고 했다. 중학교 때 엄마가 일을 하고 집에 오시면 집을 안 치운다고 심하게 혼이 났다고 한다. 그래서 엄마가 오는 시간이 되면 정신없이 집을 정리했다고 한다. 어른이 돼서도 일을 갔다 왔을 때, 집이 정리가 되어 있지 않으면 화가 머리끝까지 치밀어 오른다고 했다. 가정과 일에서 완벽하게 준비되어 있어야 하는 완벽주의가 동생을 힘들게 했던 것이다.

세상에 완벽한 사람은 없다. 완벽해지고 싶다는 집착 때문에 자신의 에너지를 낭비하지 않길 바란다. 완벽해지려고 하면 삶의 여유로움이 부족해진다. 발표할 때도 완벽해지려고 하면 불안이 더 커지고 숨을 쉴 여유도 없어진다. 완벽하게 발표를 하는 사람들을 보면 대단해 보이겠지만 인간미가 없어 보인다. 즉 사람은 조금은 부족해야 사랑스럽다.

제주도에 가면 집을 둘러싸고 있는 돌담을 봤을 것이다. 돌들을 차곡차곡 쌓아 두었는데 어지간한 바람에도 돌담은 쉽게 무너지지 않는다. 이유는 돌과 돌 사이 틈새로 바람이 지나가기 때문이다. 완벽하게 돌 틈을 채웠다면 돌담은 통째로 무너질 것이다. 이런 '틈새 구멍'처럼 우리 인간에게도 빈틈이 있기 마련이고 이 빈틈 때문에 인간적인 매력을 느끼는 것이다.

흠(빈틈)과 관련해서 2006년에 출판된 『황금사과』(명진출판)의 저자인 미국의 심리학자 캐시 애론슨(Kathy Aaronson)은 방송에서 퀴즈 쇼를 하기 전에 흥미로운 실험을 한 적이 있었다. 퀴즈 쇼가 시작하기 전에 A라는 사람과 B라는 사람을 인터뷰했는데 A라는 사람은 질문에 대한 대답을 완벽하게 했지만, B라는 사람은 인터뷰 중에 커피를 엎지르는 실수를 저질렀다. 인터뷰가 끝나고 퀴즈 쇼가 시작됐을 때 관중들은 A라는 사람이 답을 맞힐 때보다 실수 때문에 긴장하고 있는 B라는 사람을 더 응원하고 격려해 주었다고 한다. 애론슨은 이 광경을 보면서 실수와 부족함이 인간의 매력을 느끼게 해 준다는 사실을 알게 되었고, 이런 효과를 '실수 효과(Pratfall Effect)'라고 했다. 이렇듯 빈틈과 흠이 있으면 사람들에게 가까이 다가가기 쉽고 사람들의 응원과 격려도 받을 수 있다.

흠(빈틈)에 대한 이야기를 하나 더 해 보자면 페르시아의 양탄자는 세계적으로 품질 좋기로 유명하다. 품질이 좋다고 하면 완벽하게 만들어졌을 것이라고 생각하지만 오랜 옛날부터 양탄자를 만들던 장인들은 일부러 양탄자의 구석진 곳에 찾기 힘든 흠을 남겨 놓는다고 한다. 이것을 '페르시아의 흠'이라고 부른다. 이렇게 흠을 만드는 이유는 '세상에 완벽한 것은 없다.'는 철학을 가지고 있기 때문이라고 한다. 페르시아의 장인들처럼 우리는 완벽함을 추구하려고 하기보다 탁월한 가치를 높이기 위해 노력해야 한다.

발표를 잘하려고 애쓰지 말자. 빈틈이 있는 미완성이 더 보기 좋다. 빈틈 있는 자기 자신을 조건 없이 사랑해 주는 사람이 됐으면 좋겠다. 부족해도, 빈틈이 많아도 괜찮다. 충분히 당신은 사랑스럽다.

3. 있는 그대로 나를 보여 주자

나는 어릴 적 부모님이 맞벌이를 하셔서 할머니 손에 자랐다. 할머니는 장애가 있는 할머니였다. 허리 한 번 펴 보지 못했던 꼬부랑 할머니는 귀가 없으셔서 들을 수도, 말할 수도 없으셨다. 엄마는 어린 나를 할머니에게 맡기셨지만, 오히려 할머니를 돌봐야 한다는 생각을 어릴 때부터 했다. 동네에서 효녀상을 줘야 한다는 이야기가 나올 정도로 나는 착한 아이였다. 그렇게 부모의 보살핌을 받기보다는 할머니를 보살피며 어린 시절을 보냈다. 착하고 잘해야지만 칭찬을 받고 사랑을 받는다는 생각을 어릴 때부터 했던 듯하다. 그런 생각들 때문에 어른이 돼서도 좋은 사람으로 보이길 바랐다. 아마도 이것이 발표불안이 생겼던 이유 중 하나인 '타인 의식증'일 것이다. 많은 사람들이 타인을 의식하면서 살아간다.

90년대 말 여성 4인조 인기 그룹이었던 핑클의 멤버 성유리가 한 TV 프로그램에서 자신의 속마음을 진솔하게 고백한 적이 있었다. 90년대 '핑클' 하면 요정으로 통할 만큼 모르는 사람이 없을 정도로 인기가 많았다. 화려한 무대 위에서 웃으며 노래하는 것이 행복할 것이라고만 생각했다. 그런데 어린 시절부터 대중의 관심과 인기를 한 몸에 받아 온 핑클은 남을 의식하는 직업병이 생길 만큼 스트레스를 받았다고 한다. 그중 성유리는 "나는 욕먹지 않으려고 20년을 산 것 같다. 그래서 나는 내가 무엇을 원하는지 모른다."라고 말해서 안타까웠다. 자신의 마음을 숨기고 아닌 척, 괜찮은 척, 행복한 척 살아온 것이, 어쩌면 자신을 지켜 내기 위한 자존심이었을지도 모른다고 말했다. 우리와 다른 세상에서 사는 사람들이라고 생각했던 연예인들도 우리와 별반 다르지 않다는 생각을 했다.

발표도 마찬가지다. 남을 의식하면 남 눈치를 보게 된다. 눈치를 보면 긴장과 불안이 생긴다. 상대의 표정과 눈빛이 신경 쓰여서 하고 싶은 말도 제대로 하지 못한다. 타인의 시선을 의식하는 이유는 인정의 욕구가 많기 때문이다. 모든 사람에게 사랑받고 싶어 하는 마음이 크면 클수록 타인을 의식한다. 발표하는 상황에서도 완벽하게 잘해야 사람들에게 인정을 받을 것이라는 생각이 내면에 깔려 있다. "내가 실수하면 저 사람이 날 어떻게 생각할까?", "날 싫어하지 않을까?"라는 생각이 발표불안을 야기한다. 앞에서 말했던 것처럼 다른 사람들은 내가 생각하는 것만큼 나에게 관심이 없다. 모두 나에게 관심이 있고 나만 본다고 생각하기 때문에 피곤해지는 것이다.

몇 달 전 웃음지도사 자격증을 따기 위해 교육을 받으러 갔다. 웃음지도사를 배우게 된 계기는 내가 많이 웃고 싶었기 때문이었다. 온종일 일과 육아에 지치다 보니 웃지 않을 때가 많았다. 웃을 일이 있어야 웃는 것이라고 생각했다. 그런데 웃음지도사 수업을 받으면서 웃을 일이 없어도 웃어야 행복이 찾아온다는 것을 알게 됐다.

웃음에도 다양한 웃음법이 있었다. 한 번도 남들 앞에서 나를 내려놓고 미친 듯이 크게 웃어본 적이 없어서 어색하고 부끄러웠다. 내가 앞에 나가서 박수를 치며 박장대소할 때 다른 사람이 나를 어떻게 생각할까라고 생각하니 나를 쉽게 내려놓지 못했다. 거침없이 나를 내려놓고 저 사람들은 나에게 그다지 관심이 없다고 생각해야 용기가 생긴다. 고민 끝에 용기를 내서 미친 듯이 웃었다. 나를 어떻게 보시나 밀거나 니에게 집중했다. 그렇게 웃고 나니 마음이 한결 가벼워졌다. 남을 의식하는 것은 내 체면을 지키기 위한 것이다. "내가 얼마나 고상하고 얌전한 사람인데 어떻게 저렇게 방정을 떨면서 웃어."라고 생각하면 어떤 것도 배울 수 없다.

발표할 때도 마찬가지다. 나를 내려놓는 마음이 없으면 청중의 눈치를 살피게 된다. 내용에 집중하지 않고 독심술을 쓰기 바쁘다.

우리는 처음 해 보는 일에 익숙하지 않으면 부끄럽다. 그래서 조금만 불편한 상황이 오면 피하고 뒷걸음친다. 지금과 다른 삶을 살고 싶다고 하면서 편안함에 안주한다. 익숙하지 않은 것을 익숙하고 자연스럽게 만들 때 우리는 성장한다. 타인을 의식하면 편안하게 발표할 수 없다. 낯선 장소가 편안한 장소가 되고 낯선 사람들이 편안한 사람들이 됐을 때 긴장과 불안이 줄어든다. 불안을 극복하기 위해서 있는 그대로 나를 보여 줘야 한다. 떨리면 떨리는 대로, 부족하면 부족한 대로 나다움을 보여 줄 때 타인의 시선으로부터 자유로워진다.

내가 아침에 일어나 제일 먼저 하는 일은 여러 단톡(단체 채팅) 모임에 좋은 글을 올려서 함께 공유하는 것이다. 20명이 있는 단톡도 있고 100명이 넘는 단톡도 있다. 문제는 내가 보내는 글에서 끝나는 경우가 많다는 것이다. 글을 남기면 옆에 작은 숫자들이 보인다. 단톡에 있는 사람들의 숫자이다. 이 숫자가 줄어든다는 것은 내 글을 읽었다는 표시다. 분명 글을 읽었는데 답장이 없다. 답장을 받으려고 한 것은 아니지만 가끔은 무심함에 서운할 때가 있다. 짧은 반응이라도 해 주면 보내는 사람도 기분이 좋을 텐데 말이다.

단톡에서 사람들이 반응이 없는 이유는 글에 전혀 관심이 없거나, 답장은 하고 싶은데 어떤 말을 해야 할지 모르거나, 자신이 쓴

글에 아무도 반응하지 않으면 어떡하지, 하는 소심한 마음 때문이다. 아무도 반응하지 않으면 어쩌나 걱정하는 마음은 다른 사람을 의식하고 눈치 보는 마음이다. 이렇게 아무 반응 없이 지켜보는 사람이 있는 반면에 하고 싶은 말을 길게 표현해 주는 사람들도 있다. 문제는 자기가 하고 싶은 말을 남기고 나서 걱정의 답장을 남긴다는 것이다.

"너무 길게 써서 죄송합니다."

자신이 하고 싶은 말을 하고 나서 다른 사람이 내 글을 보고 어떻게 생각할지 신경 쓴다. 상대는 전혀 그런 생각을 하지 않는다. 카톡을 읽었다는 1이라는 표시가 사라졌을 때 상대방이 아무런 반응이 없으면 신경이 쓰여 자꾸만 핸드폰을 쳐다본다.

"내가 말을 잘못했나?"
"내 말이 기분 나빴나?"
"왜 바로 답장을 안 하지?"

이런 생각을 하다가 답장이 오면 안도의 웃음을 짓는다. 답글을 남기지 못하는 상황일 수 있고 운전 중일 수도 있는데 답장을 기다리는 사람은 좁은 사고에서 벗어나지 못해 신경을 쓴다. 이렇게 우리는 작은 일에도 남을 의식하면서 살아간다. 인생을 피곤하게 만드는 것은 남이 아닌 나 자신다.

다른 사람이 어떻게 생각하든 그건 그 사람들의 몫으로 남겨 둬야 한다. 상대의 마음까지 신경 쓰면서 살기에는 우리 삶이 그렇게 여유롭지 못하다. 타인의 시선을 의식하느라 쏟았던 시간과 노력을 이제는 자신에게 쏟아부었으면 좋겠다. 발표할 때, 타인의 시선 때문에 힘들다면 청중이 나를 어떻게 생각하는지는 청중에게 맡겨두고 내가 하고 싶은 말에 집중하면서 발표하길 바란다.

4. 불안, 인정하고 받아들여라

불안하면 신체 반응과 감정이 동시에 일어난다. 신체 반응이 나타나는 이유는 우리 뇌에서 편도체가 활성화되기 때문이다. 앞에서 말했듯이 편도체는 우리의 불안감이나 행복감을 담당하는 곳이다. 편도체가 과도하게 반응했을 때 불안도 심해진다.

발표불안에서 벗어날 수만 있다면 편도체라도 제거하고 싶다는 사람들도 있다. 우연히 편도체를 제거한 생쥐 사진을 TV에서 보게 되었다. 편도체가 제거된 실험용 쥐는 불안하고 공포스러운 감정을 느끼지 못하다 보니 고양이가 앞에 있어도 도망치지 않았다. 정상적인 쥐들은 무서워서 줄행랑을 쳤지만 편도체를 제거한 실험용 쥐는 도망치기는커녕 고양이 머리에 올라가 장난을 치다가 결국 고양이에게 잡아먹혔다. 불안은 우리에게 위험을 알리는 준비 신호이다. 위험한 상황을 신체 반응으로 알려 준다. 우리가 그동안 불안이라는 감정을 내 삶을 방해하는 나쁜 요인으로만 생각했다면 이제는 불안을 긍정적으로 해석해야 한다. 내가 불안하다고 생각하면 불안하게 되고 내가 편안하다고 생각하면 편해진다. 모든 것은 내 생각에서부터 흘러나오는 것이다.

여름 방학이 되면 아이들을 데리고 포항에 있는 힐링 하우스에 간다. 힐링 하우스는 우리의 세컨드 하우스이다. 도시에 있으면 아이들은 학원에 가기 바쁘다. 그래서 함께 놀 친구들이 거의 없다. 아파트에서 바보상자만 끌어안고 뒹굴뒹굴 TV만 보게 될 것이 뻔해서 방학 동안만이라도 좋은 추억을 만들어 주고 싶었다. 힐링 하우스는 산으로 둘러싸여 있다. 그곳에 있으면 엄마 품 안에 있는 것처럼 마음이 편안해진다. 힐링 하우스 앞쪽으로는 개울이 흐른다. 그곳에서 아이들과 종일 놀다가 어둑해지면 집으로 들어온다. 시골이라 저녁 7시만 되도 어둠이 깔리고 마을은 조용해진다. 아이들과 뒤뜰에서 고기를 구워 먹고 해먹을 타면서 힐링의 시간을 보냈던 시간을 잊을 수가 없다. 남편은 무섭지 않냐며 수시로 전화를 했지만 한 번도 무섭다고 생각한 적이 없었다.

불안이 생기는 이유를 알지 못했다면 그곳에 갈 엄두도 못 냈을 것이다. 머릿속을 온통 자연이 주는 편안함과 행복으로 채워 넣었기 때문에 어떤 두려움도 그 틈으로 들어오지 못했다. 만약 내가 산속에서 무서운 상상을 했다면 뜬눈으로 밤을 지새웠을 것이다. 우리는 불안한 감정을 생각 하나로 충분히 조절할 수 있다. 내가 무슨 생각을 하냐에 따라 우리 뇌는 반응해 줄 뿐이다. '생각' 이라는 무기로 불안을 조절하고 통제해야 한다. 어떤 기술도 방법도 필요하지 않다. 오로지 긍정적이고 희망적인 생각만 필요할 뿐이다.

발표불안이 있는 사람들에게 "발표불안이 왜 생기는 것 같아요?"라고 물으면 "저도 잘 모르겠어요."라고 대답한다. 이유를 모르면 더 스트레스받고 고통스러워진다. 약국에 가서 자신의 아픈 증상을 얘기해야 약을 처방해 주는 것처럼, 발표불안이 왜 생겼는지 그 원인을 찾아야 치료 약을 찾을 수 있다. 모든 것은 무지에서 온다. 우선 자신이 불안한 이유를 찾는 것이 중요하다.

불안의 뿌리를 찾아야 한다. 과거로 돌아가 부정적인 경험 때문에 수치감이나 좌절감이 있었는지 떠올려 보자. 무의식에 감춰 둔 사건이 반드시 있을 것이다. 꺼내야 한다. 내가 불안했던 이유를 찾게 되면 원망하거나 부정해서는 안 된다. '이런 경험을 했었구나. 그래서 내가 많이 상처를 받았었구나.' 라고 알아차리기만 해도 치유가 시작된다. 자신의 삶을 받아들이고 알아차려라. 알아차린다는 것은 온전히 나를 받아들인다는 말이다. 모든 것이 수용된 상태에서는 나의 불안한 증상들이 그다지 심각하게 보이지 않는다. '떨릴 수도 있지. 긴장하는 건 당연하지.' 라고 긍정적으로 받아들일 때 불안은 떨어져 나갈 것이다.

수강생 L 씨는 발표불안이 심해서 길거리 스피치까지 해 봤다고 했다. 발표불안을 극복하기 위해서 안 해 본 것이 없었다. 길거리 스피치, 지하철 스피치를 하고 발표불안이 더 심해졌다며 내게 하소연했다. 불안의 원인을 찾지 않은 채 무조건 소리를 지르는 것은 불안을 해결하는 데 도움이 되지 않는다. 눈 딱 감고 소리 지르는 순간, 불안이 없어진 것만 같지만 그건 사실 불안을 억누르고 참는 행동이다. 오히려 발표불안이 더 심해질 수 있다. 억누르고 참는 데 에너지를 낭비하지 말고 그냥 불안한 나를 받아들이자. 잘하지 않아도 된다. 떨어도 괜찮다.

수강생 P 씨도 심한 발표불안이 있었다. 다른 스피치 학원을 다니다가 증상이 나아지지 않아서 나를 찾아왔다. P 씨는 다른 스피치 학원에서 발표할 때 왜 떠냐고 지적을 받았다고 한다. 강사가 그런 지적을 했다는 것이 이해가 되지 않았다. P 씨는 지적받은 이후로 더 불안감이 심해진 것 같다고 했다.

못한다고 지적하거나 피드백을 주면 안 된다. "과연 내가 잘할 수 있을까?"라고 자신을 의심하고 있는 상태에서 못한다고 피드백을 주면 "내가 이럴 줄 알았어."라는 생각을 하게 된다. 부족함을 확인할 때마다 자존감은 바닥에 붙어 버린다. 그리고 부정적인 실패의 경험이 강화되는 악순환을 반복하게 된다. 못하면 못하는 대로 끝까지 지켜봐 주고 응원해 줘야 한다. 당사자도 떨고 있다는 것을 안다. 강사가 더 보태서 지적할 필요가 없다.

수강생 J 씨도 발표에 대한 안 좋은 기억이 있었다. 직장에서 행사를 하는데 사회를 맡게 되었다. J 씨는 두렵고 무서웠지만 피하고 싶지 않아서 열심히 연습하고 준비했다. 하지만 잘해야 한다는 압박감 때문에 사회 보는 내내 떨었고 그 모습을 본 상사는 그만하라며 중간에 사회를 끊어 버렸다. 다른 사회자로 교체되는 순간 쥐구멍이라도 있으면 들어가고 싶었다고, 울먹이며 나에게 하소연을 하였다. 그 말을 듣는 순간 화가 치밀어 올랐다. 따뜻한 조언을 해 줘도 모자랄 판에 많은 사람들 앞에서 공개적인 망신을 준 상사의 인격이 의심스러웠다. 잘할 거라는 큰 기대가 있으면 실망도 큰 법이다. 못하면 못하는 대로 사랑스럽게 바라봐 주어야 한다.

만약 상대가 나를 인정하지 않고 부정적으로 바라본다면 내가 나를 더 사랑스럽게 바라봐 줘야 한다. 떨리면 떨리는 대로 부족하면 부족한 대로 최선을 다하는 내 모습만 바라봐 줬으면 좋겠다. 이것이 타인으로부터 나를 굳건히 지켜 내는 일이다.

5. 발표불안은 반드시 극복된다

"선생님! 발표불안이 정말 극복이 될까요?"
"제가 할 수 있을까요?"

수강생들에게 자주 듣는 질문 중 하나다. 이런 질문을 하는 건 자신에 대한 믿음과 신뢰가 부족하기 때문이다. 자신도 잘할 수 있을지 의심하고 부정하는데 누가 자신을 믿어 주고 응원해 줄까.

발표불안을 극복하기 위해서는 나를 믿는 마음이 기본적으로 깔려 있어야 한다. 무언가 극복하고 싶은 것이 있다면 마음의 한계선을 긋지 말아야 한다. 수없이 실패를 반복하다 보면 사람들은 그 지점이 자신의 한계라고 선을 긋는다. 더는 그 이상의 벽을 넘을 수 없으리라 생각한다. 불가능을 가능으로 만드는 힘은 바로 자기를 믿고 따르려는 '결단'의 마음이다. 어떤 실패의 상황이 오더라도 발표불안을 극복할 수 있다고 믿어야 한다. 노력도 하지 않고 가만히 앉아서 성공을 바라는 것은 어리석은 사람이다. '아무것도 하지 않으면 의심과 공포가 생기고, 행동하면 자신감과 용기가 생긴다.' 는 데일 카네기(Dale Carnegie)의 말처럼 두려움을 극복하고 싶다면 생각만 하지 말고 한 걸음이라도 발을 떼야 한다. 그렇게 한 걸음씩 발을 떼서 걷다 보면 뛸 수 있는 용기가 생긴다. 내 앞을 가로막는 장애물은 내 마음의 장벽이라는 것을 기억했으면 좋겠다.

1954년 세계 최초로 '1마일 4분' 의 벽을 깬 사람이 있었다. 바로 로저 배니스터(Roger Bannister)다. 그는 불가능한 것으로 여겼던 4분의 벽을 깨고 '3분 59초 4' 의 기록으로 1마일의 결승선을 끊었다. 사람들은 로저 배니스터가 기록을 깨기 전까지 1마일을 4분 안에 달린다는 것은 불가능하다고 말했다. 인간의 달리기 능력과 속도를 계산해 봐도 트랙(440야드) 4바퀴를 4분 안에 달리는 것은 죽음에 도전하는 것이라고 확신했다. 그 당시 생리학자들도 인간이 1마일을 4분 안에 달리면 심장과 허파뿐 아니라 관절까지 파열되고, 근육과 인대들까지 찢어질 것이라고 말했다. 사람들은 그들의 말을 듣고 이 도전이 불가능하리라 더욱 확신했다. 그런데 로저 배니스터는 불가능을 가능으로 만들었다. 1945년 스웨덴의 군데르 하그(Gunder Hagg)가 4분 1초의 기록을 세운 후 9년 만이었다. 그 후 많은 사람들이 불가능이라고 생각했던 1마일 4분의 기록을 계속해서 깨기 시작했다. 어떻게 불가능하다고 생각했던 일들이

가능해진 걸까? 로저 배니스터는 매일 스스로에게 1마일 4분의 기록은 내가 깰 것이라고 거울을 보며 소리쳤다고 한다. 주변에서 깰 수 없을 것이라도 했을 때도 절대 흔들리지 않았다. 오로지 자신이 기록을 깬 모습만 상상하며 훈련했다. 관중들의 환호를 받으며 1마일을 4분 안에 달리는 자신의 모습을 선명하게 상상한 것이 현실이 된 것이다. 인간의 한계는 100% 자신이 만들어 낸 것이다. 스스로 할 수 있다고 믿으면 어떤 한계도 가로막을 수 없다. 내가 어떤 마음을 먹느냐에 따라서 결과는 천지 차이가 된다.

발표불안도 극복할 수 없을 것 같다고 생각하면 절대 극복할 수 없다. 아무리 해도 '나는 여기까지구나.' 라고 생각하면 당신은 딱 거기까지가 된다. 많은 사람들이 노력을 통해서 극복했음에도 자신은 할 수 없다고 말하는 것은 극복할 의지와 노력할 마음이 없는 것이다. 내가 무대 앞에서 당당하게 말을 하는 모습을 상상해 보자. 조금씩 한 계단씩 올라가다 보면 원하는 곳에 가까이 닿아 있을 것이다. 작은 성취감을 쌓으려고 노력해야 한다. 작은 성취감이 쌓여 반드시 큰 성공으로 이어질 것이다.

"선생님 아직도 떨려요."

수업을 마치고 돌아오는 길에 수강생 한 분과 통화를 했다. 이분은 수업도 잘 빠지고 연습도 잘 안 하시는 분이셨다.

"당연히 떨리죠. 안 떨리면 그게 이상한 거예요."

한두 번 수업에 참여하고 연습도 하지 않으면서 발표불안이 해결되기를 바라는 마음은 욕심이다. 내가 스피치 학원을 다닐 때는 과제가 있으면 입이 닳도록 연습을 했다. 안 되면 될 때까지 수십 번 반복하며 연습했다. '정말 극복이 될까?' 라는 한 치의 의심과 부정을 하지 않았다. 노력하고 연습하면 반드시 극복할 수 있다는 신념이 있었다.

발표불안은 반드시 극복된다. 자신 있게 말할 수 있다. 전제는 '꾸준하게 노력하고 연습해야만 얻을 수 있는 결과' 라는 점이다. 어떤 일을 시작할 때 '과연 될까?' 라는 마음보다는 '어떻게 하면 할 수 있을까.' 라는 생각을 가져야 한다. '어떻게' 라고 생각하면 스스로 방법을 찾게 되고 노력하게 된다. 모든 일들은 내가 어떻게 생각하고 믿느냐에 따라 달라진다. 우리의 생각은 그만큼 마법처럼 강력한 힘을 가지고 있다.

앞서 말했듯 '플라세보(placebo effect) 효과' 를 발휘해야 한다. '플라세보' 는 라틴어로 '즐겁게 하다', '만족스럽게 하다' 라는 뜻이다. 환자는 가짜 약임에도 이 '플라세보 효과' 를 통해 치료 효과를 본다. 반대로 노시보 효과(nocebo effect)도 있는데, 이는 플라세보와는 반대의 심리적 효과를 일컫는다. 환자가 의사에게 불신을 가지고 있거나 약의 효능을 믿지 않으면 실제로 효능 있는 약을 먹더라도 아무런 효과를 얻을 수 없다. 그만큼 긍정적인 신뢰가 중요하다.

발표불안도 마찬가지다. 내가 극복하고 싶다면 가르치는 강사를 믿고 신뢰해야 한다. 반드시 나를 변화시켜 줄 것이라고 믿어야 한다. 강사는 발표불안을 극복할 수 있도록 코칭을 해 주고, 쉽게 빠른 길로 갈 수 있도록 이정표 역할을 해 준다. 절대 강사가 대신 발표불안을 해결해 줄 수 없다. 방법을 알려 주면 자기 것으로 만들어 연습하는 것은 자신의 몫이다.

스피치를 배우는 과정에서 기억해야 할 것이 있다면 다른 사람과 자신을 비교하지 말아야 한다는 점이다. 발표불안을 극복하는 시간은 사람마다 다르다. "다른 사람들은 잘하는 것 같은데 저만 못하는 것 같아요."라고 말하는 사람들이 있다. 남과 자신을 비교하는 사람은 항상 위축되어 있고 자신감이 없다. 잘했다고 칭찬해 줘도 스스로 만족하지 못한다. 왜냐하면 남과 자신을 비교했기 때문이다. 비교 대상이 남이 되어서는 안 된다. 비교 대상은 오로지 단 한 사람, 자신이 되어야 한다. 과거의 나와 현재 열심히 스피치를 배우고 있는 나 자신을 비교해야 한다. 비교 대상이 자신이 됐을 때 삶은 훨씬 풍요롭고 행복해진다. 헤밍웨이(Ernest Miller Hemingway)는 "남보다 뛰어난 것은 자랑거리가 되지 못한다. 진정한 자랑거리는 과거의 자신보다 뛰어난 것이다."라고 말했다.

남과 비교해서는 절대 앞으로 나아갈 수 없다. 잘할 수 있다고 응원해 주고 칭찬해 줄 사람은 자신뿐이다. 자신의 고유한 가치를 인정하고 받아들이는 사람만이 '잠자는 거인'을 깨울 수 있다. 자신이 잘 해낼 수 있음을 믿고 자신의 가치를 인정해 준다면 발표불안은 반드시 극복된다.

6. 발표불안 환자가 트레이너가 되다

발표불안 환자였던 내가 지금은 많은 사람들에게 희망과 용기를 주는 스피치 트레이너가 되었다. 한 번도 내가 꿈꿔 왔던 삶의 그림이 아니었다. 결혼해서 아이를 낳고 평범하게 사는 것이 내 인생의 그림이었다. 열등감이 심해서 다른 사람이 나에 대해서 아는 것이 싫었다. 내 약점을 들킬까 봐 항상 마음의 빗장을 치며 살아왔다. 그것이 나를 지켜 내는 유일한 방법이었다. 하지만 숨기면 숨길수록 내 안의 불안은 눈덩이처럼 커져 갔다. 불안의 씨가 점점 커져 결국 발표불안이 되었고 그것은 내가 가는 곳마다 나를 따라

다니며 괴롭혔다.

첫 책이 출간되고 작가가 되었다. 책이 출간이 되면 출간 강연회를 해야 했다. 생애 첫 강연이었다. 심적 부담이 컸지만 발표를 피할 수 없는 상황이었다. 피할 수 없다면 즐기라는 말이 있다. 즐기진 못하더라도 숨고 싶지 않았다. 발표불안을 극복하기 위해 피나는 연습과 노력을 했다. 수많은 시행착오를 겪고 21가지 발표불안 트레이닝을 하면서 발표불안을 극복했다. 이 책을 쓰게 된 것도 발표불안을 겪고 있는 사람들에게 나의 극복 노하우를 전하고 싶어서다.

발표불안 스피치 수업에서 많은 수강생들이 긴장하면서 발표하는 모습을 볼 때마다 과거의 내 모습이 거울처럼 비추어진다. 그래서 사람들을 도와주고 싶은 마음이 누구보다 더 크고 간절하다. 사람들이 나를 통해 동기부여를 받고 조금씩 변화되는 것을 볼 때마다 가슴이 벅차오른다. 나의 약점이자 콤플렉스였던 발표불안이 나의 강점이 되어 내 삶의 강력한 무기가 되고 콘텐츠가 될 줄 상상도 못 했다. 어쩌면 당신도 나처럼 약점이 강점이 되어 멋진 스피치 강사가 될 수도 있다. 사람 일은 아무도 모르는 거니까.

90년대 중반 이후로 국내에 이름이 알려지기 시작한 가수가 있었다. 독특한 랩으로 사람들의 관심과 인기를 받은 '스캣맨 존 (Scatman John)'이다. 그는 세계적으로 인기 있는 가수였지만 그에게는 치명적인 약점이 있었다. 바로 말을 더듬는 버릇이었다. 선천적으로 말을 더듬는 버릇이 있었지만 그는 독특한 음악으로 자신의 약점을 강점화했다. 말 더듬는 버릇에서 비롯한 독특한 '랩' 방식이 사람들에게 인기를 얻게 된 것이다. 대부분 사람들은 신체적인 문제가 있거나 장애가 있으면 그것을 숨기고 싶어 한다. 하지만 스캣맨 존은 자신의 말 더듬는 버릇을 숨기지 않고 자신의 강점으로 만들었다. 자신의 약점을 극복하고 성공한 사람들을 보면 경외감이 든다.

우리나라 사례에도 자신의 약점을 강점으로 바꾼 '오다리 소년'이 있다. 바로 이재성 선수(현 분데스리가 FSV 마인츠 05 소속)다. 다리 사이로 주먹 하나가 들어갈 정도로 다리 사이가 벌어진 이재성 선수는 어릴 때부터 축구를 하는 데 힘든 점이 많았다. 다리가 벌어지다 보니 스피드 면에서 남들보다 떨어졌고 체중이 밖으로 실리다 보니 피로를 쉽게 느꼈다. 그런데 자신의 꿈을 위해 포기하지 않고 노력하면서 자신의 신체적인 문제라고 여겼던 오다리가 나쁜 것만은 아니라는 것을 알게 되었다. 오다리로 공을 안으로 모으면 상대방이 공을 뺏을 때 힘들어했기 때문에 공을 지키는 데 유리했다. 무엇보다 이재성은 자신의 약점을 극복하기 위해 남들보다 더 많은 시간을 연습하고 훈련하면서 체력을 키웠다. 그렇게 피나는 노력으로 자신의 팀을 2년 연속 우승으로 이끌었고 대표팀에도 발탁되었다. 또한 그는 축구 일지에 자신의 꿈을 적고 그 꿈이 이뤄지길 간절히 바랐다.

이재성 선수가 자신의 약점을 강점으로 만들기 위해서 수없이 연습하고 자신의 꿈을 종이에 적은 것처럼 나도 발표불안을 극복하기 위해 수없이 연습하고 꿈을 적었다. 강연이 잡히면 한 달 전부터 원고를 입이 닳도록 읽었다. 심지어 강연에 오는 사람들의 사진을 프린트해서 벽에 붙여 놓고 연습했다. 반대쪽 벽에는 자신 있게 강연하는 유명 강사들의 사진을 붙이고 그 위에 내 얼굴 사진을 덧붙이기도 했다. 남편이 '집이 점점 무속인들 집으로 변해 간다.'고 해도 신경 쓰지 않고 유명 강사들의 사진으로 도배를 했다. 매일 사진과 글을 보면서 이미지 트레이닝을 했고 세바시와 TED 강연을 보면서 명강사들의 모습을 따라 했다. 그리고 매일 꿈 일지에 발표불안 트레이너가 될 거라고 적었다. 종이에 적으면 현실이 된다는 말을 꿈을 이루고 나서야 확실히 알게 되었다. 자신이 생각하는 모습 그대로 현실이 된다. 종이에 꿈을 적고 간절하게 원할 때 우리는 그 꿈을 이룰 수 있다.

예일대학(Yale University)이 1952년 졸업생들을 대상으로 인생의 목표와 구체적 계획을 담은 목표 리스트를 작성하게 했다. 20년 후인 1973년에 졸업생들의 성공 실태를 조사한 결과 20년 전 자신의 인생 목표와 비전을 글로 자세하게 기록한 3% 학생들은 엄청난 재산가가 되었다. 반면에 인생의 목표를 구체적으로 기록하지 않고 막연하게 생각하거나 목표를 기록하지 않고 살아가는 학생들은 재산 총액이 많지 않은 서민층이나 빈민층으로 살아가고 있었다. 성공한 재산가들은 대부분 자신의 목표를 종이에 적고 실천했다.

우리가 잘 알고 있는 『김밥 파는 CEO』, 『생각의 비밀』을 쓴 김승호 대표는 무일푼에서 시작해 4,000억 원의 기업체를 일군 사람이다.

저자의 성공 비법도 자신의 꿈을 적은 수첩 덕분이었다. 그는 명함 크기의 종이에 한쪽에는 꿈의 종류를 적고, 다른 한쪽에는 목표를 이미지화한 그림을 넣었다. 그의 성공은 꿈을 이룬 것처럼 생생하게 상상하고 행동한 결과였다.

발표불안 트레이너가 되기까지 수없이 넘어지고 좌절하기도 했다. 육아와 살림을 하면서 공부할 시간이 턱없이 부족했고 학원을 다닐 수 있는 여건도 되지 않았다. 그럼에도 포기하지 않았다. 어떻게 하면 내가 공부할 수 있고, 어떻게 하면 내가 발표불안을 극복할 수 있을지만 생각했다. 발표불안을 극복해서 꿈을 이루고 싶었다. 너무 간절했기 때문에 포기하지 않았다. 오직 내 선택을 믿었다. 불가능하다고 생각했던 것이 가능한 것으로 바뀔 때 신념은 더 강해지고 또 다른 목표를 달성할 수 있는 용기가 생긴다. 그동안 많은 역경과 시련을 이겨 내면서 이룬 경험들이 나의 소중한 자산이 되었다.

발표불안을 극복하기 위해서는 많은 시간과 노력이 필요하다. 어떤 일이든 단숨에 되는 일은 절대 없다. 수없이 시도해야 한다. 한두 번 시도해 보고 포기하는 사람들을 수없이 만났다. 실패를 거듭하면서 시도해 봐야 자신이 얼마큼 해낼 수 있는지 알게 된다. 실패한 것이 부끄러운 것이 아니라 실패했다고 포기한 것이 더 부끄러운 일이다.

발표불안을 극복하는 과정에서 많은 실패를 경험할 것이다. 다른 사람들은 다 잘하는데 나만 발표를 못한다는 생각에 좌절하기도 하고 우울해지기도 할 것이다.

분명한 것은 어제보다 덜 긴장하고 덜 불안했다면 앞으로 가능성은 있다. '다른 사람이 뭘 하든 신경 쓰지 말고 나 자신보다 더 잘하려고 노력하고, 날마다 당신의 기록을 깨뜨려라.'라고 윌리엄 보엣커(William John Henry Boetcker, 미국의 종교 지도자이자 영향력 있는 대중 연설가, 1873~1962)가 말한 것처럼 자신의 목표만 생각하면서 끈기 있게 나아가야 한다. 삼시 세끼 챙겨 먹듯 매일 새로운 다짐을 챙겨 먹어야 한다. 지금의 노력이 미래의 내 모습을 만들어 줄 것이다. 힘겨운 자신과의 싸움에서 이기는 자만이 변화된 자신의 모습을 만날 수 있다.

앞으로 나는 발표불안으로 힘들어하는 사람들에게 희망이 돼서 그들에게 용기를 주는 사람으로 살아갈 것이다. 부족해도 사랑스럽고, 실수해도 괜찮다고 응원해 주면서 그들이 꿈을 이룰 수 있도록 돕고 싶다. 이것이 나의 사명이다.

제4장

발표불안 극복
변화사례

제
4
장

발표불안 극복 변화 사례

● ● ● ● ●

1. 떨지 않고 말한 건 처음이에요

천안에 사는 수강생 J 씨는 회사에서 안전교육을 담당하는 분이다. 처음 이분과 스피치 수업을 했을 때 목소리가 떨리고 자신감이 없으셨다. 발표불안이 생기는 이유가 반드시 있기 때문에 J 씨의 발표 경험을 들려달라고 했다.

J 씨는 주말에 친구 결혼식에서 사회를 보게 된 이야기를 해주셨다. 친구들 사이에서 인기가 많은 분위기 메이커라 친구들의 요청이 많았다. 친구들 앞에서 말을 잘하기 때문에 잘 할 수 있을 것 같

았다. 그런데 결혼식 일주일 전부터 결혼식장만 생각하면 심장이 심하게 두근거리고 등에 땀이 나기 시작했다. 결혼식 날 식중독에 걸려서 불참하고 싶을 만큼 두려움이 커졌다. 사회를 보겠다고 한 것이 후회스럽기만 했다.

"떨리면 어떡하지!"
"실수하면 어떡하지!"

머릿속은 온통 불안한 생각뿐 이었다. 할 수 없이 밥을 먹으면서 소주 한 병을 먹고 우황청심환까지 먹었다. 드디어 결혼식이 시작되었다. 당당한척하며 사회자 단상까지 걸어갔지만 그 길이 천리 길처럼 느껴졌다.

마이크를 잡자마자 손이 떨리고 무슨 말을 해야 할지 머릿속이 하얗게 되었다.

"음..."
"어..."
"거기..음.."

J 씨의 모습이 답답했는지 식장 관계자분이 와서 웃으며 마이크

를 뺐었다. 아나운서처럼 유창하게 말하는 관계자분을 보면서 쥐구멍이 있으면 들어가고 싶은 심정이었다. 살면서 이렇게 부끄럽고 창피한 적은 처음이었다.

그 이후로 회사에서도 발표할 상황이 오면 두렵고 무서웠다. 직원들에게 안전교육을 하는 날이 되면 회사에 가기 싫었다. 발표하는 내내 발가락에 힘이 들어가고 온몸이 땀으로 젖는 날이 많았다.

J 씨의 발표 경험담을 듣고 나서 자신감, 자존감훈련을 집중적으로 하기 시작했다. 발표에 대한 실패의 경험을 지우고 성공의 경험을 쌓을 수 있도록 칭찬과 응원을 아끼지 않았다. J 씨는 발표불안을 간절하게 극복하고 싶어 했기 때문에 다른 수강생들보다 빠르게 변화되셨다. 매주 달라지는 모습에 자신도 놀라셨다. 스피치를 배우고 나서 J 씨는 다시 친구의 결혼식 사회를 보게 되었다며 나에게 문자를 보내셨다.

"선생님 이렇게 완벽하게 사회를 본 건 처음이었어요"
"하나도 떨지 않고 말한 건 처음이에요"

J 씨는 발표를 성공적으로 할 때마다 나에게 문자를 보내주셨다. 회사에서도 지게차 안전교육을 하면서 떨지 않고 자신 있게 발표했다며 감사 인사를 보내왔다.

불안이 두렵고 무서워서 피하면 눈덩이처럼 커진다. J 씨처럼 불안이 왜 생겼는지 원인을 알고 불안을 대면해야 한다. 받아들이고 인정하는 순간 불안은 줄어든다. 무엇보다 중요한 건 할 수 있다는 자신감과 나를 믿는 마음으로 무장하고 나면 어떤 발표 상황이 와도 당당하게 말할 수 있다. J 씨는 스피치 강사가 되는 것이 꿈이라고 하셨다. 발표불안을 극복한 경험이 디딤돌이 되어 발표불안이 있는 분들에게 희망을 줄 거라고 생각한다.

내가 그랬던 것처럼 말이다.

2. 바닥이었던 자존감이 올라갔어요.

수강생 L 씨는 회사원이지만 강사의 꿈을 가지고 있는 분이다. 자신의 꿈을 이루기 위해 나를 찾아왔다. 사람들 앞에서 떨지 않고 말을 잘하고 싶다고 했다. 나는 과거에 발표를 실패한 경험이 있는지 물어봤다.

수강생 L 씨는 회사 워크숍 프로그램 중에서 사장님과 소통하는 시간이 있었다. 직원들이 사장님에게 회사에 대한 궁금증이나 어려움을 말하는 시간이었다. L 씨는 회사에 대한 불합리한 것들을 사장님에게 질문하고 싶었다. 그래서 미리 수첩에 질문할 내용을 적고 용기를 내서 손을 들고일어났다. 그 순간 강당에 있는 100명이 넘는 직원들이 L 씨를 쳐다봤다. 사람들의 시선을 느끼는 순간 L 씨는 갑자기 떨리기 시작했다. 미리 준비했던 질문들조차 생각이 나지 않았다. 수첩에 적어놓은 내용을 읽기만 해도 되는데 읽는 것조차 힘들었다. 그때 사장님이 L 씨의 모습을 보면서 한마디 던지셨다.

"떨면서 말할 거면 왜 질문을 합니까!"

사장님의 냉정한 말이 뾰족한 화살이 되어 L 씨 가슴에 꽂히고 말았다. 직원들이 웃는 소리가 귀에 들려왔다. L 씨는 얼굴이 빨갛게 된 채로 고개를 숙이며 자리에 앉았다. 그 이후로 발표하는 것이 무섭고 사람들의 시선이 불편해졌다. 사람들 앞에서 책을 읽는 것조차 어려움을 겪었다. 나는 발표를 잘해야 한다는 강박과 타인 의식 때문에 힘들어하는 L 씨를 위해 편안한 환경에서 성공의 경험을 쌓을 수 있도록 훈련을 했다. 스피치를 함께 배우는 수강생들과 서로 칭찬과 격려를 주고받으면서 자존감도 회복되었다. 매주 과제를 내주면 발표 동영상을 찍어서 보내주셨다. 한번은 지하철역에서 영상을 찍어서 보내주셨다. 타인을 의식하고 눈치를 보았던 L 씨의 놀라운 발전이었다. 하루가 다르게 L 씨는 변화되고 있었다. 다음은 스피치 수업이 종강이 되고 L 씨가 남긴 수강후기이다.

'시작은 미약하나 그 끝은 창대하리라'

저는 처음에 20%의 자존감으로 스피치 수업을 참여했습니다. 바닥을 찍었던 자존감이 수업을 통해서 80% 이상의 자신감과 자존감을 회복한 것 같습니다. 매주 달라지는 모습에 저도 놀랐습니다. 무엇보다 내면의 상처가 치유되고 있다는 것이 느껴졌습니다.

발표불안이 있어서 자기소개도 못했던 제가 지하철역에서 과제 영상을 찍는 용기도 생겼습니다. 강은영 강사님의 열정적인 수업과 동기 수강생분들의 응원 덕분입니다.

할 수 있다는 용기를 주셔서 짧은 시간에 변화된 것 같습니다. 스피치 수업은 저를 변화시키고 바로 세울 수 있는 소중한 시간이었습니다. 감사합니다.

그 후 L 씨는 발표할 일들이 많이 있었다고 하셨다. 그때마다 L 씨는 나에게 문자를 보내주셨다. 주말에 버스투어가 있었는데 버스 안에서 발표할 기회가 여러 번 있었다고 하셨다. 예전 같았으면 발표하기 전에 떨려서 그 자리를 피하고 싶었는데 이제는 떨지 않고 잘 해내셨다며 감사 인사를 전해왔다. 마지막으로 나를 스피치 멘토라고 해주셨다. 내가 누군가에게 멘토가 되다니. 너무 감격스러워서 문자를 반복해서 읽었다.

발표불안을 극복하고 스피치 강사가 되길 잘했다는 생각이 들었다. 물질적 이익보다는 누군가의 삶을 변화시켜주는 일이 나는 좋다. 단순히 떨지 않고 말을 잘하게 하는 방법보다 내면의 상처를 치유하고 자신을 사랑하게 만드는 스피치를 하면서 많은 사람들에게 멘토가 되고 싶다.

3. 나를 사랑하게 되었어요.

수강생 K 씨는 인스타에서 알게 된 분이다. 인스타에 수강생 모집 글을 올리자마자 바로 신청을 해주셨다. K 씨는 떨지 않고 당당하게 말을 하고 싶어서 스피치 수업을 신청하셨다. 불안의 원인을 알아야 했기 때문에 K 씨에게 발표에 대한 안 좋은 경험이 있냐고 물어보았다. K 씨는 숙녀복 가게를 운영하고 있다. K 씨는 1월에 본사에서 품평회를 하게 되었다. 품평회는 제품의 좋고 나쁨을 평가하는 행사이다. 행사가 끝나고 본사 사람들과 미팅을 하게 되었다. 미팅에서는 K 씨와 같은 점주들이 본사에 건의사항이나 개선할 점등을 발표하는 시간이었다. 다른 점주 분들은 본사에 관련된 질문을 했지만 K 씨는 온라인 사업에 대한 이야기를 하셨다. 방향이 다른 질문이라는 것을 알았지만 그 자리가 아니면 말할 수 없을 거라고 생각했다. 발표가 끝나고 분위기가 좋지 않았다. 집에 돌아와서 미팅 때 상황을 생각만 하면 후회가 밀려왔다.

"내가 왜 그 자리에서 그런 말을 했지?

며칠 동안을 자책하면서 시간을 보냈다. 그 이후로 발표하는 상황이 되면 편하게 말을 하지 못했다.

"내가 이런 말을 해도 될까" 고민을 하게 되고 타인 눈치를 보게 되었다.

나는 K 씨의 이야기를 듣고 타인의 눈치를 보지 않고 당당하게 자신의 이야기를 할 수 있도록 긍정 마인드 습관 훈련을 한 달 동안 진행하였다.

한 달 후 스피치 수업과 마인드 훈련을 통해서 자신감과 자존감이 올라가고 있다는 것을 K 씨의 목소리에서 알 수 있었다. 1주 차 수업 때 힘없는 작은 목소리로 발표를 했는데 갈수록 전달력 있고 힘 있는 목소리로 변하셨다. 가슴속에 응어리와 상처들까지 치유되면서 매주 자신감이 차오르셨다. K 씨는 떨림이 설렘으로 바뀌고 내면의 또 다른 자신을 만나는 기분이었다고 말씀해 주셨다. K 씨는 수업이 종강이 되고 나서 수업 후기와 자신의 변화를 문자로 보내주셨다.

처음 발표할 때 얼굴도 달아오르고 목소리도 많이 떨렸는데 이제는 목소리에서 힘이 느껴지고 두려움이 많이 사라진 것 같습니다. 현대를 살아가는 모든 사람들에게 가장 필요한 강의인 것 같습니다. 자존감이 이렇게 올라가게 될지 몰랐습니다. 정말 신기합니다. 강사님 진심으로 감사드립니다.

K 씨는 이제 품평회 때 했던 실수를 자책하거나 후회하지 않는다고 하셨다. 실수로 받아들이지 않고 자신의 생각을 소신 있게 말한 자신을 칭찬해 주고 싶다고 하셨다. 생각하나 바꿨을 뿐인데 받아들이는 것이 달랐다. 발표도 마찬가지로 불안과 공포로 생각하면 두렵고 무섭다. 하지만 발표를 긍정적으로 받아들이면 설렘과 즐거움이 된다. 생각 하나로 자신을 변화시킬 수 있다. 아무것도 변화지 않아도 내가 바뀌면 모든 것이 변한다는 것을 기억했으면 좋겠다.

4. 이제 발표를 피하지 않게 되었어요.

수강생 B 씨는 화장품 대리점 점장으로 일하고 있는 분이다. 이분이 나를 찾아온 이유는 심한 발표불안 때문이었다. 살면서 발표를 피하고 살아왔는데 대리점 점장이 되면서 발표할 일이 많아지셨다고 하셨다. 이젠 더 이상 피할 수 없는 상황이었다.

발표불안의 원인을 찾기 위해 B 씨에게 발표에 대한 안 좋은 기억을 말해 달라고 했다.

중학교 2학년 영어시간이었다. 영어 선생님께서 갑자기 영어로 자기소개를 해보라고 시키셨다. 영어가 서툴렀던 B 씨는 어떻게 말을 해야 할지 몰랐다. 친구들이 영어 이름, 가족, 취미, 장래희망을 말하는 것을 보고 똑같이 해야겠다고 생각했다. 그런데 바로 앞 친구가 영어 이름을 '아만다' 라고 말하자 B 씨는 당황했다. B 씨가 말하려고 했던 영어 이름이었기 때문이다. 갑자기 다른 이름으로 바꾸려고 하니 생각이 나지 않았다. 그때부터 B 씨는 심장이 두근 거리고 떨리기 시작했다. 어쩔 수 없이 B 씨도 영어 이름을 '아만다' 로 말해버렸다.

그 이후 B 씨는 아만다1이 아닌 아만다2 라는 별명이 생겨버렸다. 영어시간만 되면 선생님은 이름을 부르지 않고 B 씨를 아만다2라고 부르셨다. 예민했던 시기라 더 부끄럽고 창피했다. 그 사건 이후로 활달했던 아이는 점점 말이 없는 아이가 되었다.

1주 차 수업 시간에는 자기소개를 한다. B 씨는 과거에 실패했던 자기소개 때문에 더 긴장한 것 같았다. 과거의 안 좋은 기억을 좋은 기억으로 바꿔줘야 했다. 발표를 피하지 않고 편하게 받아들이는 훈련과 긍정 마인드 습관 훈련을 통해서 B 씨는 발표에 대한 두려움을 조금씩 떨쳐내고 있었다. 자신감과 자존감도 빠르게 회복되고 있었다. B 씨는 자신의 부족함을 다른 사람들이 아는 것이 싫었던 사람이었다. 지금은 발표불안 때문에 스피치를 배우고 있다고 자신 있게 말하고 다닌다. 자신처럼 부족함을 모른 척하고 지나가는 사람들이 없기를 바란다고 하셨다. 다음은 B 씨의 스피치 수강 후기이다.

발표가 무서워서 피하기만 했습니다. 그런데 대리점 점장이 되면서 발표할 일이 많아졌어요. 이젠 더 이상 피할 수 없는 상황이라 절실한 마음으로 스피치를 신청했습니다.

강사님의 열정적인 수업을 들으면서 조금씩 달라지고 있는 저를 발견하게 되었습니다. 매일 긍정 마인드 습관 훈련을 하면서 자존감이 올라가고 있다는 것을 느꼈습니다.

이제는 발표가 두렵지 않습니다. 발표를 피하지 않고 조금씩 작은 성공을 해나가는 것이 이렇게 기쁜지 몰랐습니다.

"이 스피치 수업을 모르는 사람이 없게 해 주세요."

많은 분들에게 적극 추천하고 싶은 수업입니다.

과거의 안 좋았던 발표 경험을 지우고 좋은 경험으로 삶을 채워 가고 있는 B 씨를 볼 때마다 뿌듯해진다. 요즘 B 씨는 회사에서 방송을 하면서 발표를 즐기고 있다. 예전 같았으면 빨리 인사만 하고 끝내고 싶었는데 하고 싶은 말이 많아졌다고 한다. B 씨는 무한한 잠재능력을 가진 분이다. 자신이 그것을 발견하지 못했을 뿐이다. 조금씩 자신의 능력을 꺼내며 성장하고 있는 B 씨의 삶을 뜨겁게 응원한다.

5. 자신감이 생겼어요.

수강생 I 씨는 세 아이를 키우는 엄마다. 대학생처럼 보이는 앳된 얼굴과 귀여운 목소리가 기억에 남는 분이다. I 씨는 사람들 앞에서 말을 하면 심장이 두근거리고 목소리가 떨려서 고민이라고 하셨다. I 씨의 발표에 대한 경험을 듣고 나서 그 이유를 알 수 있었다.

I 씨는 간호학과를 전공했다. 간호학과에서는 토론하고 발표하는 스터디 시간이 많았다. 그룹으로 하는 스터디라 남자 선배들이 알아서 발표를 하고 I 씨는 자료조사만 하는 경우가 많았다. 그때까지만 해도 발표에 대한 부담이 없었다. 그런데 그룹이 바뀌면서 남자 선배들과 떨어지게 되었다. 여자들만 있는 그룹에 있다 보니 아무도 발표를 하겠다고 선뜻 나서는 사람이 없었다. 서로 눈치만

보는 것 같아서 I 씨가 먼저 용기를 내서 자신이 해보겠다고 했다. 그런데 발표를 하겠다는 순간부터 불안해지고 긴장이 됐다. 밥도 못 먹을 정도로 불안증에 시달렸다. 발표할 시간이 되자 머릿속이 하얗게 되고 온몸이 경직되었다.

"왜 내가 발표한다고 했을까" 후회스러웠다.

빨리 말하고 들어가고 싶다는 생각에 듣는 사람은 생각하지 않고 말을 했다. 그런데 앞에서 친구들이 꾸벅꾸벅 졸고 하품을 하며 지루해 하는 모습을 보게 되었다.

"왜 친구들이 내 말을 듣지 않지?" 이런 생각이 들자 부끄러웠다. 쥐구멍이라도 있으면 숨고 싶었다. 그 이후로 발표를 하겠다고 손을 들지 않았다. 발표 자리가 있으면 피하고 도망 다녔다.

I 씨는 십년이 지난 지금도 그때 친구들이 꾸벅꾸벅 조는 모습이 생생하게 기억이 남는다고 하셨다. 과거에 안 좋았던 발표 경험에서 빠져나오고 싶어 하는 마음이 간절하게 느껴졌다.

I 씨와 스피치 수업을 하면서 알게 된 사실이 있다. 책을 읽듯이 단조롭게 말을 해서 청중이 집중하지 않고 지루한 것이다. 타인 반응에 예민한 I 씨를 위해 원고에 의존하지 않고 평소 친구들한테 말하듯이 편하게 말을 하도록 지도했다. 보이스 트레이닝과 긍정

마인드 습관 훈련으로 자존감을 올려주었다. I 씨는 피드백을 받으면 바로 수정하고 연습하셨다. 그 결과 이제는 발표를 피하지 않고 조금씩 즐기고 있다.

2주 차 스피치 수업 시간이었다. 매주 과제를 발표하는 시간이 있다. 서로 처음으로 발표하기 싫어서 눈치를 보고있었다.

"누가 먼저 발표해 볼까요?"라고 말하자 갑자기 I 씨가 손을 번쩍 들었다. 다들 놀란 눈으로 I 씨를 쳐다보며 박수를 쳐주었다. 과거에 안 좋았던 경험 때문에 다시는 손을 들지 않겠다고 했던 I 씨가 달라 보였다. 단조롭고 딱딱했던 말투도 부드럽고 편안해졌다. 노력하면 안 되는 것이 없다는 것을 I 씨가 보여주었다. I 씨는 발표를 하고 나면 항상 후회가 남고 기분이 좋지 않았는데 이제는 기분이 좋다고 하셨다.

I 씨는 발표가 끝나면 "오늘도 해냈다! 발표를 잘 마쳤다! 나도 할 수 있구나!"라고 자신에게 말을 해주었다. 이렇게 작은 성공의 경험을 쌓아가다 보면 자신도 모르는 사이에 큰 성공을 하게 될 거라고 믿었다.

I 씨처럼 할 수 있다는 믿음을 가지면 실제로 할 수 있다는 능력을 갖게 된다. 자신이 믿는 대로 된다. I 씨가 얼마 전에 책을 출간했다는 소식을 들었다. 출간 강연회에서 멋지게 스피치를 하게

될 I 씨의 모습을 상상해 본다.

6. 스피치는 저에게 선물입니다.

수강생 J 씨는 아이를 키우는 엄마이자 글 쓰는 작가이다. J 씨가 나를 찾아온 이유는 떨지 않고 어떤 자리에서든 편하게 손을 들고 말을 하고 싶다고 했다. 나는 J 씨에게 발표불안을 처음 느꼈던 적이 언제인지 물어보았다. J 씨는 성당을 다니며 종교 활동을 열심히 하시는 분이셨다.

2019년 여름, 성당 회원분들과 회식하는 자리가 있었다. 말수가 적은 편이라 회원분들의 말을 듣기만 하고 있었다. 그런데 갑자기 신부님께서 J 씨에게 포콜라레 모임을 다녀온 이야기를 사람들에게 해달라고 하셨다. 예상치 못했던 상황이라 당황스러웠다. 회식 자리에 있던 많은 분들이 J 씨에게 시선이 집중되자 심장이 뛰기 시작했다.

"분위기가 이상해지면 어떡하지?"
"어떤 말을 해야 되지?"

짧은 순간에 여러 가지 생각들이 스치고 지나갔다.

"포콜라레라는 뜻은 이탈리아어로 '벽난로' 라는 뜻입니다. 2차 세계대전 전쟁이 한창일 때 생겨났습니다. 그리고 음..." 순간 머릿속이 하얗게 되고 무슨 말을 해야 할지 떠오르지 않았다. 또 목소리가 작아서 크게 말해달라고 하는 분도 계셨다. 목소리를 크게 내고 싶었지만 소리가 크게 나오지 않았다. 분위기가 점점 이상해지자 신부님께서 "아~네 알겠습니다."하고 웃으면서 마무리를 해주셨다. 집에 돌아오는 길에 당당하게 말을 하지 못했다는 생각에 자책감이 밀려왔다.

J 씨의 고민을 해결하기 위해서 큰 목소리로 자신있게 말을 할 수 있도록 보이스 트레이닝을 했다. 그리고 원고를 외우지 않고 내용의 흐름을 파악하고 편하게 말할 수 있도록 지도했다. 한두 번 연습한다고 스피치 실력이 좋아지지 않는다. 원고를 쓰고 그 원고를 수십 번 입에 붙도록 소리를 내서 읽어야 한다.

원고 내용이 머릿속에 정리가 되면 그때부터 제스처와 표정, 감정, 연습을 해야 한다. J 씨에게 피드백을 주고 계속해서 연습을 하라고 했다. 과제 발표가 있는 날 J 씨는 발표하는 태도부터 달랐다. 자신감 있게 일어나 떨지 않고 편안하게 발표를 성공시켰다. 함께 배우는 수강생분들도 달라진 J 씨에게 칭찬 피드백을 해주었다. 발표불안의 원인을 알고 열심히 연습 한

결과였다.

그동안 J 씨 삶에서 스피치는 큰 관심사가 아니었다. 그런데 지금은 아주 큰 부분으로 차지하고 있다. J 씨는 발표하다가 긴장이 되면 어떻게 해야 하는지 방법을 알게 되셨다. 이제는 빨리 끝나길 바라지 않고 끝까지 최선을 다해보자는 생각을 하신다고 했다. 스피치를 배우고 나서 발표하는 것이 전보다 편안해지고 앞으로 더 좋아질 것 같다며 선물을 받은 것처럼 좋아하셨다.

발표불안을 간절하게 극복하고 싶다면 연습할 시간을 내야 한다. 연습하지도 않고 발표불안을 해결하기를 바라는 사람들을 많이 봤다. 연습하는 횟수에 따라 내 실력이 달라진다는 사실을 잊지 말자. J 씨의 노력에 박수를 보낸다.

이제 어디서든 갑자기 발표를 시켜도 당황하지 않고 큰 소리로 발표할 J 씨의 모습을 상상해 본다.

7. 스피치 덕분에 삶이 달라졌어요.

수강생 S 씨는 대학교 평생교육원에서 발표불안 극복 스피치 수업을 할 때 만났다. S 씨는 회사에서 발표할 때 떨리고 긴장돼서 우황청심원까지 먹을 정도라고 하셨다. S 씨의 발표불안 원인을 찾기 위해서 과거에 발표를 망쳤거나 창피를 당한 경험이 있는지 물어보았다. S 씨는 중학교 때 선생님에게 질문하고 싶은 것이 있었다. 그래서 자신있게 손을 들고 질문을 했다. 그런데 선생님이 엉뚱한 질문이라며 친구들 앞에서 혼을 내셨다. 예민했던 시기라 그 이후로 수업 시간이 되면 고개를 숙이고 수업을 들었다. 선생님과 눈이 마주치는 것이 두렵고 무서웠다.

학창 시절에 안 좋은 기억이 무의식에 새겨져 어른이 돼서도 발표할 상황이 되면 심장이 두근거리고 손이 부들부들 떨렸다. 회사에서는 피할 수 없어서 우황청심환을 먹고라도 그 순간을 넘겨야 했다. 약을 먹었지만 떨리는 건 마찬가지였다. 발표하기 전날까지 연습을 해도 발표 당일이 되면 앞이 캄캄해지고 아무 생각이 나지 않았다. 발표가 실패로 끝날 때마다 S 씨는 자신감과 자존감이 바닥으로 떨어졌다. 발표불안을 어떻게든 극복하고 싶은 마음에 스피치 수업을 신청하게 된 것이다.

S 씨를 보면서 과거 나의 모습이 떠올랐다. 내가 발표불안을 극복했던 것처럼 S 씨도 극복할 수 있다고 용기를 주었다. S 씨에게 필요한 건 자존감 회복이었다. S 씨의 발표가 끝나면 함께 배우는 수강생분들이 돌아가면서 칭찬으로 샤워를 시켜주었다. 살면서 칭

찬을 받고 자라지 못했던 S 씨는 칭찬을 먹으며 성장하고 있었다. S 씨는 한 번도 빠지지 않고 수업에 참여했다. S 씨는 다른 분들보다 빠르게 불안이 줄어들고 있었다. 스스로도 놀랄 정도라고 하셨다. 이제 발표하는 것이 두렵지 않다고 하셨다. 스피치 수업이 종강이 되고 S 씨가 감사의 문자를 보내주셨다.

강사님의 수업에는 뭔가 신기한 것이 있는 것 같습니다. 처음 발표를 할 때 눈앞이 캄캄해서 사람들의 얼굴이 보이지 않았습니다. 그런데 시간이 갈수록 사람들의 얼굴이 보이기 시작했습니다. 변화된 제 모습에 놀랐습니다. 발표가 끝나면 항상 칭찬해 주셔서 저도 모르게 조금씩 성장하고 발전한 것 같습니다. 저는 지금 발표불안뿐 아니라 자존감도 많이 올라갔습니다. 저를 긍정적이고 열정적으로 살 수 있도록 해 주셔서 감사합니다. 앞으로도 더 성장할 거라 확신합니다. 저를 성장시켜주신 강사님 진심으로 감사드립니다.

영원한 나의 스승님!
사랑합니다. 존경합니다. 고맙습니다.

S 씨의 문자를 볼 때마다 눈시울이 붉어진다. 며칠 전 회사에서 회의를 진행했는데 성공적으로 끝냈다고 문자를 보내셨다. 회사에

서 떨지 않고 편안하게 발표한 건 처음이라고 좋아하셨다. 회사에서뿐 아니라 가정에서도 좋은 일이 있다고 하셨다. 아이들이 긍정적이고 열정적으로 사는 엄마의 모습을 보면서 바르게 자라주고 있다며 매일 행복하다고 하셨다.

스피치로 인해서 인생이 달라진 S 씨의 모습을 보면서 나 또한 힘이 난다. 누군가에 희망이 되어주는 일을 하고 있다는 생각에 뿌듯해진다. 앞으로 더 성장하며 열정적으로 사실 S 씨의 꿈을 응원한다.

●　●　●　●　●　○

　　발표불안이 있는 사람들을 만나면서 중요한 사실을 알게 됐다. 그들 모두 자신을 변화시킬 수 있는 힘을 가지고 있다는 것이다. 나는 자신에게 무한한 가능성이 있는지 모르는 사람들의 '잠자는 거인'을 깨울 때 벅찬 뿌듯함을 느낀다. 그동안 많은 수강생들을 훈련하면서 그들이 변화에 목말라 있다는 것을 알게 됐다. 변화가 두려워서 노력하지 않은 것이 아니라 방법을 몰랐기 때문에 못 한 것이다.

　　이 책을 쓴 이유도 발표불안을 극복하고 싶지만 어떻게 해야 하는지 모르는 사람들에게 도움을 주기 위함이다. 발표불안이 얼마나 삶을 힘들게 하는지 그 고통을 온몸으로 체험했기 때문에 누구보다 당신의 고충을 잘 안다.

　　발표불안을 극복하는 일은 단순히 떨지 않고 말을 잘하는 것이 아니라, 그 안에서 나를 발견하고 나를 되돌아보는 일이다. 과거의 나를 발견하고 상처와 아픔이 치유되기도 한다. 스피치를 배울 때 '나에게 쓰는 편지'를 쓰고 발표하는 시간이 있었다. 나는 과거의 어린 나와 지금의 나에게 편지를 썼다.

　　"은영아 그동안 힘들었지?"
　　이 한마디에 눈물이 쏟아졌다. 나를 위로해 주는 말 한마디에 복받쳐 올랐다. 편지를 읽는 내내 얼굴이 눈물, 콧물로 범벅이 되었다. 그렇게 편지로 상처를 밖으로 쏟아 내고 나니 한결 마음이 가벼워졌다. 그 후로 신기하게 발표도 편안해졌다. 나는 발표불안을 극복하면서 많은 것을 배우며 성장해 나갔다. 나에게 편지 쓰는 일이 어색하고 부끄러울 수 있다. 하지만 꼭 한번 편지를 써서 자신에게 읽어 주길 바란다. 나에게 쓰는 편지는 자기 성찰과 치유의 시간이며 나와 소통하는 시간이다.

발표불안을 극복하기 위해서는 '나'와 잘 소통해야 한다. 자신과 잘 소통하는 사람만이 불안에서 자유로워지고 인간관계에서도 유연하게 소통할 수 있다. 불통의 삶은 답답하고 불안한 삶이다. 아무쪼록 마음 안쪽에 있는 문고리를 스스로 열어 소통하는 삶을 살길 바란다.

많은 수강생들이 나를 만난 것이 행운이라고 말할 때, 내가 정말 '잘 살고 있구나.'라는 생각이 든다. 흔히 인생에는 중요한 날이 두 번 있다고 한다. 하나는 자신이 태어난 날이고 다른 하나는 태어난 이유를 발견한 날이라고 한다. 내가 태어난 이유는 사람들에게 행운을 주기 위해서이다. 나는 많은 사람들에게 행복과 행운을 주는 '네잎클로버' 같은 사람이 되고 싶다.

어둠이 지나야 새벽이 오는 것처럼 힘든 시간이 지나면 좋은 날이 온다. 실패와 좌절을 겪게 되더라도 포기하지 않았으면 좋겠다. 실패에 의연해질 수 있는 마음을 갖길 바란다. 힘든 순간을 인내하다 보면, 애벌레가 세상이 끝났다고 생각하는 순간 나비로 변했듯, 당신도 이제 남들 앞에서 당당하게 날아오르는 멋진 나비, 최고의 스피커speaker로 거듭날 것이다.

이 책을 쓰는 내내 나는 많은 사람들이 변화하고 성장하길 간절히 바라는 마음이었다. 그 마음이 당신 마음에 닿기를 바라며, 나의 '21가지 발표불안 극복 시크릿' 이 행운이 되길 희망한다.

언제나 당신을 뜨겁게 응원한다.

발표불안극복을 위한 스피치 트레이닝 실전 워크시트

1. 발표불안 지수를 체크해 보세요. 발표불안을 극복하기 위해서
   먼저 자신의 불안 정도를 아는 것이 중요합니다.

2. 불안증의 원인은 열등감 때문입니다. 당신의 열등감은 무엇인가요?

3. 발표를 망쳤던 경험이 있나요? 부정적인 발표 경험을 적어 보세요.

4. 발표 직전, 발표할 때, 발표가 끝나고 난 후 머릿속에 무슨 생각이 드시나요?

5. 지금까지 잘 살아 낸 자신에게 편지를 써 보세요.

6. 자존감을 회복하기 위해 자신을 알아야 합니다.
   자신의 장점을 20가지 적어 보세요.

7. 자신에게 셀프칭찬을 해보세요.

8. 내가 살면서 가장 잘한 일은 무엇인가요?

9. 일주일 동안 감사했던 일들을 떠올려 보고, 소소한 감사들을 적어 보세요.

10. 나만의 스트레스 해소법은 어떤 것이 있나요?

11. 죽기 전에 해보고 싶은 3가지는 무엇인가요?

12. 10초 안에 꿈을 말할 수 있나요? 당신의 꿈은 무엇인가요?

1. 발표불안 지수를 체크해 보세요. 발표불안을 극복하기 위해서 먼저 자신의 불안 정도를 아는 것이 중요합니다.

항상 그렇다 3 / 자주 그렇다 2 / 가끔 있다 1 / 전혀

항목	3	2	1	0
1. 발표 상황을 피하거나 미룬 적이 있다.				
2. 발표하기 며칠 전부터 스트레스를 받거나 불안감을 느낀 적이 있다.				
3. 발표할 때 호흡이 가쁘고, 목소리가 떨린 적이 있다.				
4. 발표할 때 내용을 잊어버려 머릿속이 하얘진 적이 있다.				
5. 나보다 유능한 사람들(나이/직급 등) 앞에서 발표할 때, 불안감을 느낀 적이 있다.				
6. 나의 발표를 다른 사람들이 지루해하거나 관심 없어 한다고 생각한 적이 있다.				
7. 발표를 하면서 발표 평가에 대해 불안함을 느낀 적이 있다.				
8. 스스로 발표를 못한다고 생각한 적이 있다.				
9. 발표할 때 사람들이 나를 싫어할 것이라고 생각한 적이 있다.				
10. 청중이 많으면 더 불안해진다.				
11. 발표할 때 내용에 집중하기 어려웠던 적이 있다.				
12. 발표할 때 얼굴이 붉어지거나 표정이 굳어진 적이 있다.				
13. 낯선 사람들 앞에서 발표할 때 불안함을 느낀 적이 있다.				
14. 내 발표를 다른 사람이 비웃을 것이라고 생각한 적이 있다.				
15. 나에게 청중이 싫어할 만한 요소가 있다고 생각한 적이 있다.				
16. 발표할 때 당황한 적이 있다.				
17. 발표할 때 두서없이 말하거나 논리적으로 말하지 못한 적이 있다.				
18. 익숙한 사람들 앞에서 긴장한 적이 있다.				
19. 발표에 대해 공격당하거나 지적을 받은 적이 있다.				
20. 발표할 때 심장이 두근거리고 손이 떨린 적이 있다.				
21. 내가 발표할 때 청중이 잘못된 점을 발견할 것이라고 생각한 적이 있다.				
22. 발표를 시작한 후에도 불안감을 느낀 적이 있다.				
23. 발표 중에 긴장감이 커져서 준비한 내용을 짧게 줄인 적이 있다.				
24. 청중이 나의 견해를 받아들이지 않을 것이라고 생각한 적이 있다.				
25. 발표하면서 창피함을 느끼거나 자존심이 상한 적이 있다.				

*피터데스버그(Peter Desberg)의 D-M 무대공포증 진단목록 응용

- ● 40 이상 : 발표불안이 매우 심한 상태로 전문가의 도움이 필요.
- ● 30~39 : 발표불안이 심한 상태로 혼자의 노력으로 극복하기 어려운 상황
- ● 20~29 : 발표불안이 높은 편이지만 노력으로 개선 가능한 상황.
- ● 10~19 : 누구나 경험할 수 있는 평균 수준의 발표
- ● 0~9 : 발표불안이 거의 없음.

2. 불안증의 원인은 열등감 때문입니다. 당신의 열등감은 무엇인가요?

〈예: 신체, 교육, 가정환경, 나이, 재능, 성별 등〉

구분	내용	정도 (상/중/하)
신체		
교육		
가정 환경		
나이		
재능		
성별		
기타		

3. 발표를 망쳤던 경험이 있나요? 부정적인 발표 경험을 적어 보세요.

- 언제, 어디서, 누구 앞에서 발표를 했는지, 어떤 불안 증상이 있었는지,
  그 당시 느낀 감정은 어땠는지 적어 보세요.

4. 발표 직전, 발표할 때, 발표가 끝나고 난 후 머릿속에 무슨 생각이 드시나요?

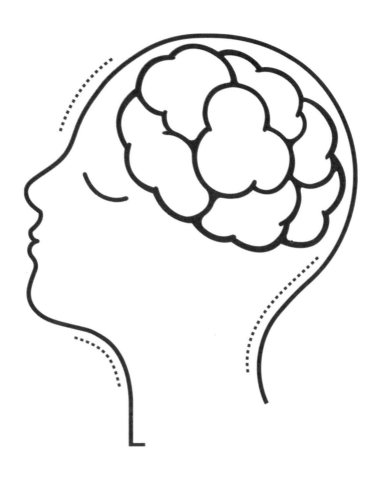

5. 지금까지 잘 살아 낸 자신에게 편지를 써 보세요.

6. 자존감을 회복하기 위해 자신을 알아야 합니다. 자신의 장점을 20가지 적어 보세요.

7. 자신에게 셀프칭찬을 해보세요.

8. 내가 살면서 가장 잘한 일은 무엇인가요?

9. 일주일 동안 감사했던 일들을 떠올려 보고, 소소한 감사들을 적어 보세요.

10. 나만의 스트레스 해소법은 어떤 것이 있나요?

11. 죽기 전에 해보고 싶은 3가지는 무엇인가요?

12. 10초 안에 꿈을 말할 수 있나요? 당신의 꿈은 무엇인가요?

- 보이스 트레이닝

(6) 나는 꿈이 있다.
(7) 나는 언제나 에너지가 넘친다.
(8) 나는 긍정적인 사람이다.
(9) 나는 적극적인 사람이다.

(6) 나는 자신감이 있는 사람이다.
(7) 나는 포기하지 않는 사람이다.
(8) 나는 한다면 하는 사람이다.
(9) 나는 끈기가 있고 신념이 있는 사람이다.

(8) 나는 행동하는 사람이다.
(8) 나는 기꺼이 변화할 것이다.
(9) 나는 반드시 성공할 것이다
(9) 나는 반드시 발표불안을 극복할 것을 다짐합니다.

(9) 하 하하 하 하하 아 하하하
(9) 하 하하 하 하하 아 하하하

당당한 삶을 위한
21가지 발표불안 극복 시크릿

초판인쇄	2022년 07월 12일
초판발행	2022년 07월 18일

지은이	강은경
발행인	조현수
펴낸곳	도서출판 더로드
마케팅	최관호·최문섭
IT마케팅	조용재
교정·교열	강상희
디자인 디렉터	한태윤 HANDesign

ADD	경기도 고양시 일산동구 장백로 8 (백석동)
	넥스빌오피스텔 704호

전화	031-925-5366~7
팩스	031-925-5368
이메일	provence70@naver.com

등록번호	제2015-000135호
등록	2015년 06월 18일

정가 15,000원
ISBN 979-11-6338-282-9 03810